面包树下的棉花糖

凉 凉 ◎ 著

南海出版公司
2005 · 海口

图书在版编目（CIP）数据

面包树下的棉花糖/凉凉著. —海口：南海出版公司，
2005.10

（饕餮 80 后）

ISBN 7-5442-3215-8

Ⅰ.面... Ⅱ.凉... Ⅲ.长篇小说—中国—当代

Ⅳ.I247.5

中国版本图书馆 CIP 数据核字（2005）第 102443 号

MIANBAOSHU XIA DE MIANHUATANG
面包树下的棉花糖

著　　者	凉凉	
责任编辑	张筱茶	
特约编辑	刘婷婷	
插图绘制	呓　呓	
装帧设计	思源设计	
出版发行	南海出版公司　电话：（0898）65350227	
社　　址	海口市蓝天路友利园大厦 B 座 3 楼　邮编：570203	
电子信箱	nhcbgs@0898.net	
经　　销	新华书店	
排　　版	北京百通图文公司	
印　　刷	北京通州京华印刷制版厂	
开　　本	880×1230　1/32	
印　　张	7.5	
字　　数	116 千	
版　　次	2005 年 10 月第 1 版　2005 年 10 月第 1 次印刷	
印　　数	1～8000 册	
书　　号	ISBN 7－5442－3215－8	
定　　价	19.50 元	

contents

目录

　　高个子男生已经慢慢走近，五米，四米……唉，不管了不管了，再犹豫就没时间了。她按住几乎要"嗵嗵"跳出来的心脏，深吸一口气。

　　两米，一米，到了！

　　唐绵绵眼一闭，心一横，像小豹子一样朝目标一头撞了过去。

第一章　新年，做了一回无赖

高个子，黑色休闲棉服，深色工装裤，耐克运动鞋，手里提着一大袋零食。没错，应该是这家伙。

咦，他长得不错耶。浓眉大眼的，是我喜欢的类型。是不是要顾及一下自己的淑女形象呢？现在放弃还来得及。

唐绵绵正胡思乱想着。高个子男生已经慢慢走近，五米，四米……唉，不管了不管了，再犹豫就没时间了。她按住几乎要"嗵嗵"跳出来的心脏，深吸一口气。

两米，一米，到了！

唐绵绵眼一闭，心一横，像小豹子一样朝目标一头撞了过去。

哎哟！唐绵绵只觉得眼前一黑，被一个庞大的躯体反弹过来，咚的一声摔在了地上。活生生的一个屁股蹲儿啊，疼得直想掉眼泪。

天哪，怎么一切跟想象中的不一样？她原本是想把他撞个不死也内伤，然后再假装受伤，恶人先告状，讹他一笔的。天哪，几乎"出师未捷身先死"！不过，这样也好，唐绵绵不用伪装就可以大声疾呼疼痛。像她这等三流演员累死都演不出来的逼真效果，更容易蒙蔽观众，离成功也不太远了。

唐绵绵在剧痛中迅速扒拉一下自己的小算盘，认为这一跤摔得值。

"你没事吧？"男生蹲下来仔细看唐绵绵的脸，惊奇得不得了，"你干吗表演摔跤？"

咦，明明是两个人相撞，他怎么没事？！物理书上不是说力的作用是相互的吗？还说这是赫赫有名的牛顿第三定律。看来，到我身上也会失灵！

唐绵绵真恨不得找个地缝钻进去。但审视四周，筑路工人太敬业，没有可以容得下她躯体的大地缝。所以，一切还得照原计划进行。

"哎哟！"唐绵绵抱着腿喊，"疼啊，疼啊！"

"哪儿疼啊？"男生似乎也开始有些着急地问。

嘿嘿，他上当了。唐绵绵心里阴阴地笑着，用手点点自己修长健康的小腿做痛苦状说："这里。"

废话，当然要撒谎，总不能告诉一个男生屁股疼吧。女孩子再怎么着也需要矜持的是不是？唐绵绵在心里为自己的聪明感到得意。

"怎么办？严重吗？要不要去医院？"

"不用了，不用了。"唐绵绵赶紧把头摇得跟拨浪鼓似的，"我歇一会儿就好了。"

于是，男生就小心翼翼地扶唐绵绵到路边的长椅边上，掏出纸巾在上面擦了擦才让她坐下。真是个细心体贴的好男生。唐绵绵想着，几乎不忍心再害他。但戏已经演到这份儿上再退缩，岂不被人笑掉大牙？不行，这不是我棉花糖的作风。再怎么也得硬着头皮撑下去。

唐绵绵眼睛不眨一下使劲地盯着男生放在长椅上的零食，舔舔嘴唇故作垂涎三尺状。那个男生是个细心体贴的男生，她刚才就发现了。果然，他问："你要不要吃东西？"

"嗯。"唐绵绵重重地点头，毫不客气地接过他的袋子。

果冻、雪丽糍、薯片、巧克力，都是她喜欢吃的。一样样，她换着吃下去。也就是说她在一包一包拆着那些精美的包装。他真是个细心的男生，在她一样样品尝完后，竟还备了口香糖和纸巾。嗯，味道统统不错。新年的第一天，就有这样一饱口福的好运，今年的运势一定不错。

眼看所有的袋子都张开了口，而她也几乎什么也吃不动了，唐绵绵用纸巾擦了擦嘴巴，扑闪着长长的睫毛，装着很无辜的样子看着他说："我饿坏了，我给你钱。"

不用说，细心的男生都是有着极大的同情心的，何况她天生一副娃娃脸。男生收拾好被她拆得乱七八糟的袋子，递给唐绵绵，说："都给你吧。"

唐绵绵乐了，赶忙摇手说："不用了，真的不用了。谢谢！"

这样说着，她顾不上已摔成八瓣的屁股，一瘸一拐地跑出很远。

千万别以为唐绵绵是小乞丐、女无赖、小女巫之类惊世骇俗的"坏女孩儿"，她没那本事担当。和你在大街上随便看到的女孩子一样，她就配两个字：普通。

怎么说呢？怎么说呢？她不是一个很乖巧的女孩子，但绝不会明目张胆地去撞人还耍赖吃人家的东西。这一切，都是松子让她做的。她捉弄的那个男生是松子的情敌，说白了，唐绵绵耍赖吃的那些东西，都是那个男生用来讨好松子的女朋友的。

"我好吧！这个年头像我这样好的人已经不多了。"唐绵绵坐在学校操场的看台上，悠着两条修长的腿看着慢慢下沉的夕阳自言自语，"可是……唉，虽然白白享了口福，心里还是不舒服的。十九年啊！我和松子在一起十九年了，他说交女朋友就交女朋友，问都没问我一声，换你能舒服吗?!"

噌的一下，一个足球飞过来，差点砸着她的头。被放逐的思维刷的一下跑回来，跟个被线扯着的木偶似的。唐绵绵站起身，走下看台，恶狠狠地一伸脚，那只倒霉的足球就划出一道美丽的弧线原路返回了。唐绵绵拍拍屁股上的灰尘，头也不回地走了。

第二章　和松子不得不说的故事

1

妾发初覆额，折花门前剧。郎骑竹马来，绕床弄青梅。

孩童银铃般清脆的笑声，夏日午后的木头房子，淡淡的尘埃……

垂着白纱的漂亮的小童车。

唐绵绵舒服地躺着，吮着手指头，睁着圆圆的眼睛，看趴在童车边上的小脑袋。

虎头虎脑的小家伙，睁着亮晶晶的眼睛看着她，用

手摸她的小脸，口齿不清地叫："妹妹，妹妹。"

那就是松子，从小跟唐绵绵家门挨门住的松子。

这是唐绵绵还不算太长的人生里最早的记忆。

后来，长大了，唐绵绵跟松子说这事的时候，他先是一脸听童话故事的表情，蛮有绅士风度地耐心听她说完。然后拍着她的脑袋，哈哈大笑，"绵绵，那时你才多大？我比你大我都不记得。一定是你后来的想象。"

唐绵绵小脸急得通红，恨不得咬人，"真的，骗你我就不是人！"

松子便举手投降，"好了，好了，我信。走吧，咱们去吃'鳖羔'。"

"鳖羔"是唐绵绵对雪糕的独特称谓。不是因为人家三岁时口齿不清嘛，不是因为跟松子有默契嘛。所以，如果有人听不惯觉得恶心反胃之类的，唐绵绵是不会负责的。她就是要吃"鳖羔"！

唐绵绵知道松子不信她关于记忆的那些话。松子大她两岁，推算起来那时他也只不过是个路都走不稳的小屁孩儿，没有记忆情有可原。只是，这样算起来，唐绵绵这么清晰的记忆似乎也就成了无稽之谈。

更可恨的是，唐绵绵跟老妈说的时候，她根本就和没听见一样，该干吗干吗，眼皮都不抬一下。可见由于唐绵绵平时疯言疯语过多，她已形成抗体。唐绵绵跟在她屁股后头拽着她的衣角要求验证，她眉毛一挑，"那时你才出生两三个月，绵绵，我从没发现你是神童！"

任唐绵绵在背后急得跳脚，妈妈没事人一样优哉游哉地进厨房做饭，还哼着小曲，根本忽略了她这大活人的存在。唐绵绵一直疑惑的那个问题又开始像摁下水的皮球一样倔强地浮出水面——世界上怎么会有这样的妈?! 我是不是她亲生的?!

天地良心，我说的是真话啊，我可以以我唐绵绵的名誉发誓！（虽然我的名誉一直都不怎么样。）唐绵绵趴在阳台上看着楼下两只打架的小狗，无比郁闷。

不信没关系，他们不得不承认的一个事实就是，唐绵绵学说话时，最先会叫的不是妈妈，不是爸爸，甚至不是当时日夜照顾她的奶奶。而是，哥哥！

唐绵绵当然没有亲哥哥。这哥哥就是松子！

所以说，唐绵绵活了多大也就和松子在一起多久了。一点都不吹牛！

2

同居长干里，两小无嫌猜。十四为君妇，羞颜未尝开。

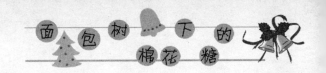
三岁。唐绵绵和松子在楼下玩。妈妈拿下来一个坏掉的吹风机，放在垃圾桶边让收废品的捡。妈妈转身走掉，松子好奇地上前去看吹风机。唐绵绵以为他要抢她们家东西，就一把推了他个"狗吃屎"，告诫他："这是我家的！"然后，把吹风机抱在怀里，踉踉跄跄上楼还给妈妈。结果，唐绵绵就和那吹风机一起被妈妈给轰了出来。

她一点也不沮丧气馁。抱着吹风机原路返回，把它交给正在抹眼泪的松子，逗得他眉开眼笑的。松子还跑去小卖店用仅有的两毛钱给唐绵绵买了一支"鳖羔"。

按说，那时候唐绵绵应该有记忆了。但她死活记不起来这茬儿。妈妈、松子妈和松子都作证说是真的。因为这个，她还在很长一段时间里被称做"小人精"。她能承认吗？打死也不认！

五岁。唐绵绵和松子跑出去玩。看见一棵矮树的树枝上有个马蜂窝。唐绵绵缠着松子死活也要捅一下。松子拗不过，找根竹竿颤巍巍地戳了一下。马蜂轰的一下倾巢而出。松子赶忙把唐绵绵扑倒在地上，充当她的"防弹衣"。

唐绵绵被吓昏了。醒来时，看见病床上的松子满脸的包，头肿得像某种会哼哼的动物的那么大。而且，嘴唇又红又厚合不上，整个一个猪八戒！

唐绵绵看着忍不住笑，"哈哈，你怎么变这么丑，嘴巴好难看！"

说完，她才想起捅马蜂窝的事。突然觉得有点内疚，就哇的一声哭得石破天惊的。

松子慌了，说："绵绵，你别哭，别哭！"

唐绵绵继续撕心裂肺地哭，几乎把嘴巴张到后脑勺去。

松子说："绵绵，你再哭，我就盖住嘴巴，不让你看猪八戒！"

唐绵绵立刻雨过天晴。难过内疚是小事，不让她看笑话哪儿成啊？！

七岁。唐绵绵和松子都是打架的好手。松子的拿手绝招是"恶虎拳"，据说没有几个小朋友能够抗得过他三拳。而唐绵绵的看家本领是咬人。只要被她咬住了，"敌人"的胳膊上必会留下渗血的伤口。唐绵绵现在唯一的遗憾是自己没长蛇一样中空的牙齿。嘿嘿。无论怎么说，凭借这两手绝技，她和松子声震南北、所向披靡。

由于唐绵绵的绝技属于贴身肉搏，一般的打架很难施展身手，逐渐地，她和松子之间进行了合理化分工，唐绵绵是司令，松子是士兵。出现"战争"，唐绵绵永远把他推到第一线。不管是她欺负别人了，还是别人欺

负她了，只要她打不过，就会马上放声大哭，一边哭一边喊："松子松子松子，×××欺负我!"几乎是一眨眼，松子就会小豹子一样冲了上去，三下五除二就把人家给撂倒了。受害人往往会边哭边喊："是唐绵绵先欺负我的!"这时松子就会插着腰，神气活现地说："绵绵说你欺负她了，就一定是你欺负她了! 没欺负也是欺负了!"

九岁。唐绵绵跟松子一起上学放学。夏天，松子老爱午睡。唐绵绵吃完饭早早去他家喊他。他不到时间不起床，雷打不动。

有一次实在无聊，唐绵绵就在他头上扎了个小辫子。松子不知情，起床后胡乱洗把脸就跟她上学去了。一路上迎着路人奇怪的目光，在唐绵绵的艰苦卓绝魔鬼训练下，心理素质超强的松子也有些招架不住。他问："绵绵，你帮我看看，我今天是不是穿得有什么不对?"

唐绵绵装做特认真地把他上下左右打量一番，特肯定特严肃地说："没有。"

松子狐疑，也没招儿。唐绵绵忍着不敢笑，肠子都快抽筋儿了。

真相总会被发现的。可怜的小红帽却没有惩罚大灰狼，而是穿上了铁甲。

第二天，松子起床后先往头上摸一把，把辫子拆掉。冲唐绵绵特自以为是地笑笑，用手把头发压平。洗把脸继续上路。一路上，松子接收到的回头率和目光跟昨天一样没少。

他继续狐疑，唐绵绵继续肠子抽筋儿。

因为唐绵绵今天给他扎了两个辫子，他只拆了一个。

十一岁。有一段时间，唐绵绵和松子都无师自通地学会了川剧的变脸，巨大的原动力就是此起彼伏的流言。那时候，在渐次萌生的性别意识面前，纯真的友谊被夸张为桃色情感。

如果唐绵绵从松子身边走过，立刻就会有男生用即将变音的嗓子怪声怪气地喊："松子，你媳妇儿来了。"松子就会涨红了脸，挥舞着拳头对着声音的来源恶狠狠地打下去，然后怒气冲冲地回头，满眼不屑地看着唐绵绵。

如果松子离唐绵绵距离稍稍近了一些，同样会有女生用怪异的目光上上下下打量着他们，然后鼻子里面发出奇奇怪怪的嗡嗡声。唐绵绵就会高抬了头，鼻子冲天地从松子面前走过去，然后恶狠狠地丢下一句："臭流氓。"

为了自保，唐绵绵变成了骄傲的小母鸡，松子则变成好斗的小公鸡。幼稚的他们拼命以伤害对方来证明自

己的清白。

十三岁。有漂亮的女同学给松子编织毛衣。松子还收到很多女孩子送的小礼物。他经常连包装都不拆,直接转送给唐绵绵。近水楼台先得月嘛!唐绵绵乐得整天屁颠儿屁颠儿的。长这么大,第一次会说:"松子哥哥,你真好。"

唐绵绵跟松子闹别扭。松子用惯用的把戏哄她,她不理。

过了一会儿,他手里握着什么东西来到唐绵绵面前,说:"好绵绵,别生气啦,我送你一样东西,要不?"

为了表示不原谅他,唐绵绵厉声:"不要!"

他追问:"真的不要?"

唐绵绵坚决,"不要!"

他反复追问,唐绵绵河东狮吼:"不要就是不要!"

"你别后悔啊。"他一脸阴险,摊开手掌。上面写一字:脸。

唐绵绵气得把他拧得花里胡哨的。然后摔门而去。好几天不理他。

放学后,松子等唐绵绵。见到她后,他握着手掌讨好,说:"好绵绵,别生气啦,我送你一样东西,要不?"唐绵绵奖励一双白眼给他,同样的把戏玩两回,不是我白痴就是你笨蛋。

松子摊开手，一只漂亮的蝴蝶发卡。

唐绵绵昨天晚上还跟妈妈商量要一只蝴蝶发卡，妈妈的条件是她要洗一个星期的碗。她正在慎重考虑接不接受不平等条约呢！

嘿嘿，现在伸手就可以实现梦想，而且妈妈再也不能得意地"压榨"她了。唐绵绵就算"假装"也要原谅他。

十五岁。唐绵绵在杂志上读到几句诗。

  妾发初覆额，折花门前剧。郎骑竹马来，
绕床弄青梅。同居长干里，两小无嫌猜。十四
为君妇，羞颜未尝开。

非常想知道它的出处和作者，就逼松子帮着去查。他说明天去问老师，唐绵绵不依。两个人坐车去市里最大的图书城找那些古典书籍。一本接着一本，浩如烟海啊，怎么查得完？

松子灵机一动，把诗句抄到纸上。特恭敬地拿去问图书城收银员："小姐，你知道这首诗在哪本书上可以找到吗？"小姐看都不看一眼，冷冰冰地说："不知道。"

松子自作聪明地跑进去买了一本书，结账的时候再

问，那位收银员小姐立刻笑眯眯地接过松子的纸条，仔细地看过后，温柔地说："对不起先生，我还是不知道。"

唐绵绵差点乐得背过气去。

回来的公交车上，唐绵绵坐在松子身边想打瞌睡。松子说："借个肩膀给你靠啊？"

唐绵绵不领情，"不要，你那么瘦，靠在你肩膀上还不痛死？"

松子便说："也是，你那么胖，靠过来不被你压死也内伤。"

唐绵绵抄起"霹雳无影手"把他打得吱哇乱叫。

十七岁。松子去了外地念大学。寒假回来唐绵绵去接他，两人飞奔向对方拥抱差点摔倒，惹得路人侧目。

唐绵绵戴着帽子把剪短的头发裹起来不让他看，他说："不让看就不让看，反正也变不出一个美女。"

唐绵绵就恶性不改地对他一顿暴打。

唐绵绵那个天天为了柴米油盐精打细算的老妈不无神往地说："你和松子多好啊，青梅竹马的，平白就比别人多谈了十多年的恋爱！"

十八岁。松子暑假没回来。唐绵绵收到了松子所在的城市寄来的大学通知书，高兴得恨不得把房子给掀了。终于可以继续作威作福了。

松子妈来祝贺，跟唐绵绵妈炫耀道："儿子有出息啦，都会在外头交女朋友了。"

唐绵绵就看见老妈的脸像川剧戏台上的演员一样，刷刷地一会儿红一会儿白的。前脚送走松子妈，老妈后脚就损松子说："有什么了不起的，不就是一大学生吗？我们家绵绵也是大学生了！"

长这么大，这是老妈头回夸唐绵绵吧。她却一点也不受宠若惊。坐在沙发上吧唧吧唧一口气把一大盘葡萄吃得一粒不剩，牙酸得好几天吃不了饭。

她真的不是吃醋，她只是觉得松子没钱没才又不帅的，怕人家小姑娘上了贼船。唐绵绵捂着腮帮子窝在床上发愣。

夏天，中伏的几天。热死人不偿命。唐绵绵穿着大拖鞋在屋子里走来走去，逮着谁闹谁，哼哼唧唧埋怨无聊。

唐绵绵抓着老妈的胳膊使劲晃，缠她说："好妈妈，给我买两个'鳌羔'去吧。"

妈妈无奈，点着她的脑袋骂："你怎么像三岁小孩儿一样啊？"但她终于抵不过唐绵绵的缠功，下楼买"鳌羔"去了。

唐绵绵百无聊赖地躺在沙发上，眼看着有的吃了，却还是提不起劲。

爸爸在写东西，唐绵绵就冲着他高一声低一声地叫："爸、爸、爸、爸！"无聊得要抓狂。

爸爸说："你看你，都要念大学的人了，还闹人！你妈像你这么大都生你了。我出差不在家，她一个人屎一把尿一把地把你拉扯大……"

又是老掉牙的故事，我又没生过小孩儿，理解不了那种辛苦和责任感！唐绵绵逃跑似的跑回自己的房间。把自己重重地摔在床上，楼下孩子们快乐地唱："找啊找啊找朋友，找到一个好朋友……"唐绵绵看着白得让人窒息的天花板，开始觉得，有些东西本来依附在生命上的东西，开始逐渐离她远去。劈里啪啦的声音震天响，响得她魂不守舍的。

十九岁。已经说过啦，松子有了女朋友。唐绵绵在新年的第一天帮他捉弄对付"情敌"。松子不是她家邻居的松子了，是他女朋友的松子。对了，唐绵绵也不再是唐绵绵，她变成了棉花糖。

第三章　棉花糖的由来

1

大—刚开学。松子帮唐绵绵拎着大大小小的箱子进宿舍。

窗户边坐着一个女孩儿。长长的头发，白皙的皮肤，穿无袖的白色碎花连身裙，低着头看书。感觉到他们进来，她抬头微笑了一下。纯净的面孔，不染一丝瑕疵。然后低头沉入自己的世界，近乎圣洁的安静。

唐绵绵爬上属于自己的上铺，地动天摇地收拾东西。指使松子帮她干这干那，像个至高无上的女皇指点江山。可怜的松子只好充当小太监的角色，不厌其烦地一一执行。

手、脚、口并用的结果，就是唐绵绵不一会儿就开始大汗淋漓，口干舌燥。她拿抹布擦着床板突然心血来潮，"松子，我想吃'鳖羔'，你下楼去帮我买。"

正被一堆花花绿绿的墙纸搞得手忙脚乱的松子几乎疯掉，"绵绵，把东西收拾好我再带你出去吃好不好？"

"不好，不好！我就要现在吃！"唐绵绵不依，不耐烦地大叫，"你怎么那么烦啊，去不去？"

松子只得放下剪刀胶条走出去，"好吧。还是和路雪是吧？"

合上门的一瞬间他又回头道："绵绵，墙纸我回来帮你贴，你自己别弄，太高了。"

唐绵绵没好气，"知道了，快去吧，真烦！"

这次门总算合上了。清凉宜口"鳖羔"就要到嘴喽！唐绵绵松了一口气，却看见窗边的女孩儿正看着她，杏目圆睁，小鹿一样受惊的眼神。嘿嘿，乖乖女被吓倒了。想着这么老实的女孩儿以后可任由她欺负，唐绵绵五脏六腑都开始神清气爽起来。

突然恶向胆边生。她跳下床，走到女孩儿跟前，伸出手，"你好，我叫唐绵绵，你呢？"

女孩儿愣了一下，随即腼腆地笑了。她毫无顾忌地握了握唐绵绵刚拿完抹布的手，"我叫蓝一纯，很高兴认识你。"声音和人一样动人。

"好别致的名字！"唐绵绵惊叹，"真是名如其人，天哪，造物主真不公平！"

蓝一纯笑了。很开心地笑，好像不只是因为唐绵绵夸她。

"笑什么，快老实交代！"唐绵绵到哪里都改不了"见面熟"的人来疯性格，对刚认识的室友也毫不客气地"逼供"。

"你叫唐绵绵啊，我怎么想起了棉花糖啊，是不是也名如其人？"蓝一纯抿着嘴不好意思地笑。招架不了唐绵绵的淫威。

绵绵，妈妈给她取名的时候肯定希望她是一个如绵绵细雨般温柔可爱的女孩子吧。可惜她现在这样真是对妈妈初衷的绝妙讽刺。唐绵绵想着，有些不好意思。

"好啊，看起来那么文静的女孩子竟还有一肚子花花肠子。这世道！"

她胡乱地发着感慨，很快和蓝一纯熟稔起来。唐绵绵很喜欢蓝一纯。她身上有一种吸引人的光芒，美丽圣洁却不刺人，没有距离。就像月光，干净而亲切。让人忍不住去信任去亲近。

她不叫她唐绵绵，而是叫她棉花糖。后来很多人叫唐绵绵为棉花糖。那唐绵绵就是棉花糖吧。

"那天送你来宿舍的是不是你男朋友？人很帅噢，

对你真好。"蓝一纯好像很羡慕地说。

此刻，她俩正坐在学校食堂二楼靠窗户的位子上吃午饭。唐绵绵正把一大勺的咖喱炒饭往嘴里送。

"什么?!"

要不是怕吓着这温柔美丽的女孩儿，弄花了她的脸，唐绵绵肯定喷饭，还跟学校主楼前的喷泉一样喷出十八个花样。松子很帅?!十八年了，她对那张脸熟悉得甚比镜子中的自己，从没发现过松子身上有哪怕一个帅的细胞!他顶多够得上不影响市容级别。可怜的蓝一纯，肯定是没见过帅哥，要么就是眼睛被驴子踢了，看人不准。

没有喷饭的最直接后果，就是唐绵绵被那勺炒饭噎得直翻白眼。连喝了三大口开水后，她支吾:"啊，不是男朋友，那是我邻居……哥哥。"

"棉花糖，你谈过恋爱吗?"晚上，蓝一纯睡不着觉，爬进唐绵绵的被窝儿说悄悄话。

"没有。"唐绵绵摇头，"你呢?"

"有呀。呵呵，缘分真的很奇怪。我们从小学起就在同一个学校。中学，大学。我喜欢了他八年呢!不过他这段时间太忙，以后，我介绍你们认识。"

蓝一纯把头埋在唐绵绵的肩头窃窃私语，像一只温柔的小猫。

"是我向他表白的呢，棉花糖，遇见你喜欢的人一定要抓住他，幸福要靠自己把握。"

蓝一纯自豪的语气中不乏幸福的甜蜜。想不到看见蟑螂都会大叫的她会有如此大胆的想法和举动。

唐绵绵想，自己是真的很羡慕她。有一个人可以让自己喜欢八年，应该是幸福的吧。蓝一纯有着她没有的很多东西，包括在她并不长的年岁里这么长久地喜欢一个人的幸福。这是一个叫人忍不住怜爱的女孩子，连上天都那么眷顾她。

深夜，唐绵绵睡不着。蹑手蹑脚地从床上爬下来，趴在阳台护栏上看天空。飘动的衣影，琥珀色的空气，远处点点的灯火，高而辽阔的天空，模糊的星星……

唐绵绵试着背靠护栏把身体使劲往后仰。风吹乱头发，天上的云朵随意地变换着形状前行。唐绵绵的头渐渐眩晕。空气中有玉兰花淡淡的香味。唐绵绵看见了玉兰花树下的孩子：唐绵绵和松子，还有他们曾牵手走过的生命中最初的那段深深浅浅的脚印。如果时间不能倒流，那么这一切就像块胎记，不管你愿不愿意都将伴随一生，从此无法抹去。

只是，自己对松子究竟是怎样一种感情？今后的故

事又会是怎样的？

爱情是什么？它究竟在谁的掌心？有谁能告诉我？

唐绵绵心里有细碎的疼痛划过。很小。

安妮宝贝说："当一个女子看天空，她并不是要寻找什么，她只是寂寞。"

当电话铃声响起的时候，唐绵绵还在与周公约会。

刺耳的声音响在空荡荡的宿舍里，让一个睡梦中的人简直想要去自杀。唐绵绵咕哝着骂了句："shit!"用被子蒙住头决定不理。

"丁零，丁零……"声音坚持不懈地响了八声后才消停。

唐绵绵松了口气，正要翻个身继续睡。叫魂一样的铃声又出其不意地响起来，吓得她一个哆嗦，身上的瞌睡虫跑了大半。妈的！

对方似乎参加过八年抗日战争，深知坚持到底就是胜利的真理。

唐绵绵只得迷迷糊糊起身接电话，一听是松子的声音她就气不打一处来，忍不住河东狮吼："你找死啊！我困死了，你别理我，我要睡觉。"说着顺势又要倒下去。

"别，别啊！"松子急忙说，仿佛长了千里眼，看见了她的不良企图，"绵绵，你快起床，我带你去吃饭！"

松子似乎像吃了某种不健康的药品一样，反常地兴奋，而且那快乐似乎通过电话线传了过来，唐绵绵全身满满的瞌睡虫似乎一下子被传染，开始变异。看看时钟，下午四点。实在不早了。

她抓了抓鸡窝一样的头发，努力地睁大惺忪的眼睛，决定妥协，"好吧，但由我来挑地方。"

"没问题！"

挂上电话，唐绵绵半睁半闭着眼睛起来，有一搭没一搭地梳洗，换衣，下楼。其间，撞翻了两张椅子，碰掉了一个水杯，还扯着了电话线，一路丁丁当当。

唐绵绵大老远地就看见一个女孩儿站在松子身旁。高个子，直长发，穿白色的长风衣，黑色的靴子，有点儿像大美女李嘉欣的身材。站在松子身边，简直就是鲜花跟那个什么在一起。

唐绵绵有些迟疑地走过去。

松子手舞足蹈地说："绵绵，快来，我给你介绍，这是佳宁，我女朋友。这是绵绵，我从小一起长大的妹妹。"

佳宁便笑着跟唐绵绵握手，说："你就是绵绵啊，

看起来好可爱！松子老说起你呢，说你是他最疼爱的妹妹！"

佳宁说话很轻很轻，然而却有力。唐绵绵看见她的手白皙修长，就是书里形容的那种青葱一样的纤纤玉手。她人更漂亮，皮肤雪白，眼神明亮而自信。跟蓝一纯的那种温和的漂亮不同，她有一种无声的魅力，不张扬，站在人群中却不容忽视。原来松子喜欢的是这样的女生。

低头看看自己，花里胡哨的"少儿版"牛仔裤，松松垮垮不成形的外贸大领毛衣。站在她面前简直像优美高雅的芭蕾舞台突然闯进来一个乡下捡柴火的小妞。自惭形秽啊，唐绵绵突然像被抽了魂，不知道平时咋咋呼呼的自己跑到哪里去了。僵硬地傻笑着，面部肌肉几乎拉伤，心里不知怎么的却很酸。

松子说："绵绵，你说吧，我们去哪里吃？"

唐绵绵像是还没睡醒，脑袋混沌一片，"无所谓，你们决定吧。"

"那好，我带你们去一个地方！"快乐的松子拉起佳宁的手。另外一只手想要拉唐绵绵，她飞速躲开了。松子没有在意。

松子牵着女朋友的手说说笑笑。唐绵绵故意让自己落后，跟在后面，鞋底像被人粘了胶水一样，举步维艰，灵魂早已跑到了爪哇国。

天很沉，低低的，叫人透不过气，空气潮湿得可以拧出水来。

松子带她们去一家叫"聊一会儿"的很精致的小饭店。古朴的原木桌椅。墙上挂有达·芬奇的作品《维特鲁威人》《岩间圣母》，当然还有那幅世界闻名的神秘的《蒙娜丽莎》。音乐轻轻流淌，是班德瑞的《魔法风》。从没发现，松子何时有了这样的品位。

此刻的唐绵绵多么希望自己拥有天使棒一样的精灵，轻轻一点让时间就此回放，回到自己和松子没有人夹在中间的少年和童年。她多么希望有精灵告诉她，眼前只是一场梦，虽然现在痛苦，但终究会醒来。松子还会是她的松子，一切和以前一样不会变。

"绵绵，你要喝什么?"松子点着唐绵绵的脑袋问。唐绵绵回过神来：猪头，自己在胡思乱想什么?！松子有女朋友不是该高兴吗?！她暗暗骂自己，自虐一样猛掐桌子底下的大腿。

"呵呵，松子，绵绵好像很内向哦。"佳宁跟松子说着话，眼睛却看着唐绵绵。

说我内向！没有见过我河东狮吼时，"无边落木萧萧下"的景象吧?！唐绵绵有些不服气，想顶嘴。不过，眼前是一个叫她这等算不上级别的女色狼都忍不住

流口水的大美女耶，怎好不给面子？唐绵绵只好强打精神，做蒙娜丽莎状微笑。

饭菜上来了，松子给唐绵绵点了西米露。佳宁小鸟依人地在松子身旁。松子宠爱佳宁像亡国臣向皇帝献媚，不停地为她夹菜，把她面前的盘子堆得高高的，还问："够了吗？多吃些。"

松子帮唐绵绵夹菜时被她制止了，"我自己来。"

唐绵绵埋头大吃，拼命扒饭，自己也觉得很不淑女，可她无法停止，反正形象都这样了，破罐子破摔呗！如果不是怕吓着美女会良心不安，恐怕她都会把盘子咬下来一块。

把自己的饭很快吃完，唐绵绵把碗往前一推说："我吃饱了，先走了。你们慢慢吃吧。"

不等他们有反应，唐绵绵起身跑出了饭店。"绵绵！"松子跟着跑了出来，在后面着急地叫，唐绵绵跑得更快了。路过一个没有红绿灯的路口时，她一刻不停留地横冲直撞。刹车声、叫骂声四起，松子便不敢再追了。

唐绵绵拉着蓝一纯去喝了两杯咖啡，跟她啰啰唆唆说了很多废话，绕着操场走了 N 圈。她以为自己会哭，可是没有。也许是因为没有理由吧。是啊，她为什么要哭？

假如她有理由去哭，假如谁可以给她一个可以理直气壮哭的理由，凭她棉花糖的实力，一定可以哭倒雷峰塔、哭烂望夫石、哭到如黄河之水绵延不绝、哭到江河泛滥祸国殃民、哭到名扬天下名垂青史。

爱因斯坦说："以上假设不存在，所以结论错误。"

唐绵绵问蓝一纯："爱情是什么样的感觉？"

"心乱如麻。"蓝一纯歪着脑袋想了想说。

唐绵绵想，我心里是什么感觉呢？她摸了摸胸口，钝钝地疼。难过一咕嘟一咕嘟地冒出来，像开了锅的水。这是什么感觉呢？

日子突然变得像白开水一样没意思。唐绵绵开始喜欢吃饭时吃很多辣椒，没事就拼命嗑瓜子。从小医生就告诫：体质差，气血虚，肠胃炎，忌生冷辣。而吃瓜子的最直接后果就是犯鼻炎。

不知从哪儿来的似乎是报复的快感，她就是想看看自己会不会死掉！其实，结果证明她只是自己惩罚自己。

鼻炎犯了。脸上冒出气势汹汹层出不穷的痘痘！喉咙痛得厉害，四肢无力。

每天抱着药罐子的日子过了一个星期，终于恢复正常。

脸上还没完全消的痘痕提醒唐绵绵不能盲目自虐。

于是，她开始吃"鳌羔"，吃各式各样的冰淇淋"鳌
羔"。凉凉的感觉到了嘴巴里，淋漓得爽快。其实只能
吃出第一口的味道，第二口时舌头已经麻木，可她乐此
不疲，直到胃冒火。妈妈很久以前就告诉她这是寒做
热，就是冷太多就变成了热。

肚子疼，打喷嚏，头疼得睡不着。

唐绵绵终于病倒了，发高烧，说胡话。蓝一纯要打
电话给松子，她坚决不让。她知道松子从此不再是唐绵
绵一个人的松子。早晚，她都要适应一个人的生活。

唐绵绵抱着蓝一纯哭得她身上眼泪鼻涕一塌糊涂，
反反复复地说："我什么都没有了，什么都没有了！"

蓝一纯就拍着她的肩膀跟哄小孩儿似的说："棉花
糖，别怕，还有我，别怕别怕。啊，乖！"然后端茶送
水递毛巾的，殷勤得跟旧社会的小媳妇儿似的。唐绵绵
看着看着就开始内疚，还好良心还没被狗吃完，她发誓
要放弃"这么老实的女孩儿可任由我欺负"的龌龊想
法。

圣诞节来的时候。唐绵绵拖着虚弱的身体被蓝一纯
拉去参加班里的圣诞聚会，装做很开心地跟他们吃零
食，划拳，玩游戏，还跟一个男生合唱了一首《有一

点动心》。跑调跑得乌七八糟的，大家嘻嘻哈哈。

出来时，天上飘着雪花，下雪了。唐绵绵跟蓝一纯在雪中走了很久，想起小时候，总喜欢下雪时不戴帽子让雪花落在头上身上，洁白轻盈得像是谁的梦。也许潜意识里，是小女孩儿对婚纱的向往吧。那时候，白马王子还住在神秘的古堡里，松子还什么都不懂，还是跟她一起堆雪人的小屁孩儿。而现在，她还会有这样快乐的梦吗？忧伤铺天盖地，像漫天飞舞的雪花……

已经好几天没有正经吃过东西了，跟蓝一纯去食堂的二楼喝酸辣汤驱寒。很久没来这儿，唐绵绵坐在塑胶椅子上发愣。

小时候，妈妈限制唐绵绵去街边的排档吃冷饮，怕不卫生。有时候不开心了，松子就会带她偷偷溜出去，花仅有的两毛钱买一碗西米露给她。冷饮店里天花板上的风扇呼啦啦地吹，唐绵绵和松子面对面坐在塑胶椅子上。她一点点吃那些甜腻的小圆粒，松子耐心地看着等她。她吃了一半，把碗推给他，"你吃！"

松子就做厌恶状，"我不爱吃，你吃完。"

唐绵绵就心安理得地吃完。然后，松子牵着她的手回家，一路上嘱咐她，不要告诉妈妈。她唯唯诺诺地点头。那是唐绵绵最乖的时候吧。吃人家的嘴短，自然要温柔些，从小她就明白这道理，很有慧根。

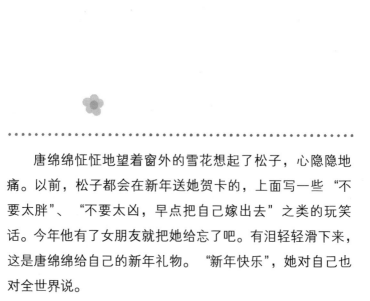

唐绵绵怔怔地望着窗外的雪花想起了松子，心隐隐地痛。以前，松子都会在新年送她贺卡的，上面写一些"不要太胖"、"不要太凶，早点把自己嫁出去"之类的玩笑话。今年他有了女朋友就把她给忘了吧。有泪轻轻滑下来，这是唐绵绵给自己的新年礼物。"新年快乐"，她对自己也对全世界说。

后来，有一次，他们两家人聚餐。唐绵绵和松子不约而同地点了西米露。唐绵绵才知道，原来他也很爱吃。

酸辣汤上来了，唐绵绵抱着碗猛喝了一大口，又酸又辣，眼泪簌簌地掉进碗里。

蓝一纯拍着她的肩膀笑，"别急，别急，我不跟你抢！"

唐绵绵也不擦眼泪，直直地望着蓝一纯说："蓝，我得心脏病了！"

蓝一纯就笑，"好呀，我明天陪你去医院。"

唐绵绵一本正经，"真的，我不骗你，我的心疼得好像要炸开，我从来没有这样的感觉。"

蓝一纯笑着，摸了摸她的脑袋，叫了起来："哎呀，你又发烧了！"

唐绵绵被送进校医院看病。内科医生是一个四十多岁的阿姨，态度很和蔼。唐绵绵找她看病频率太高了，也就慢慢熟起来。每一次见面，她都心疼，"哪儿不舒服了？"走时，她会笑，"希望别再见。"唐绵绵求她帮自己查心脏。她满脸疑惑，拗不过唐绵绵的坚持。

唐绵绵躺在一个铁的床上被送进一个圆形门的小屋子里。闭上双眼一片漆黑，机器在耳边发出轻微的轰轰的鸣叫声。

医生阿姨指着挂在灯前的黑色胶片告诉她，这是你的心脏螺旋 CT，完全正常。接着，她又摸唐绵绵的额头，"你发烧太厉害了，赶快回去吃药休息。"她一定是以为唐绵绵发烧烧糊涂了，意识模糊，头疼硬说成心疼。她不知道，唐绵绵的心真的在疼，很疼，是那种心脏快要炸开的疼，是一个人被扔在荒原上孤立无助绝望的疼。

新年到来的时候，大家去大食堂临时改装的舞厅跳舞。唐绵绵在闪烁不定的灯光下和着大食堂的萝卜白菜味跟大家群魔乱舞一阵就气喘吁吁了。出来，校园里的灯光星星点点，到处有人走来走去相互说着新年快乐。唐绵绵和蓝一纯穿过长长滑滑的结着冰的街道去街口吃烤串。灯光下，说话时从嘴巴里冒出白色的雾气，像一团团棉花糖，她们袖着手，缩着头，小心翼翼地边走边开玩笑。路上来来往往的人们快乐地说着新年好。她们也嘴巴甜甜地对串店老板说新年好、生意兴旺之类的祝福话。老板高兴得嘴巴合不拢，胡子一翘一翘的，送她们好几个串。唐绵绵和蓝一纯吃着串，不老实地边走边在地上滑雪，嘻嘻哈哈忘了寒冷。

宿舍里没有人，大家都疯玩去了吧。唐绵绵和蓝一纯想了一会儿，没有节目，决定去上自习。已经很久都没有上过《艺术概论》的课了，几乎忘记了老师是男，是女？长什么模样？三号就要考试了，她们决定去复习

功课。

西阶教室是通宵开放的自习室。唐绵绵和蓝一纯拎着一个白色带花的漂亮的暖水壶,抱着大玩具狗狗,背着一书包的话梅瓜子饼干火腿肠就出发了。晚上十一点多时,教室里竟还有人在伏案学习,明天就是新年啊!真该给这个因学风不好而名声不好的学校正正名了。她们刚找了靠暖气的座位坐下,两个保安哥哥就来赶人。前面那些孜孜不倦让人滋生罪恶感的身影站起身收拾书包走了。唐绵绵和蓝一纯纹丝不动。

保安过来,蓝一纯施展她的美人计,"保安哥哥,我们明天就考试了,今天要抓紧时间复习,你就留我们在这儿吧。"

保安们一脸迷惑,相互对望了一眼,"明天还考试?"

"对呀,对呀,我们老师很变态的。"唐绵绵赶忙附和。蓝一纯瞪她,她才知道"变态"两字用错,狼狈地吐了吐舌头。

年轻的保安哥哥们肯定也受过"变态"老师的压榨,竟忍不住笑了。他们终于作了让步,"好吧,你们可以在这儿,注意安全。"

唐绵绵赶忙低头做谦逊状连连道谢。保安忍俊不禁,临出门时看看她们的大布狗问:"你们是大一的吧,大二时就不会这么勤快了。"

她们才不管大二时会变成什么样子，等他们出门就迅速把门反锁了。唐绵绵跳上课桌，蓝一纯蹦上讲台，高呼："新年快乐，自由万岁！"外头炮声四起，烟火漫天。新年到了。站在窗前，她们竟有无限伤感：又长大一岁了！记得刚开学时，她们还是白纸一样，孩子气地梦想：等我长大了，我要……可是，现在我们早已不这样说，她们说：等以后，我要……

也许，应该说：她们又老了一岁。

唐绵绵捏捏蓝一纯的瓜子脸，"来，美女，怀旧除夕到此为止，我们畅想明天！"

蓝一纯两眼亮晶晶，"我希望脸上这颗小雀斑没了。"

蓝一纯一直讨厌自己右眼角那颗小雀斑。唐绵绵却觉得挺好看的，俏皮，又衬得一张脸白皙得像个瓷娃娃。

唐绵绵乐得人仰马翻，"好、好！有追求！"

蓝一纯上来拧她，"你的新年梦想呢？"

嘿嘿，唐绵绵笑，"我希望这门考试通过，所有考试都通过！"

"对对。"蓝一纯深有同感，考不及格补考多难堪呀！

唐绵绵敲着她的脑袋，"是补考费太高了，一个学分五十呢，《艺术概论》五个学分呀，二百五呀！"

蓝一纯反应过来，拧她，"你才是五百除以二呢！"

"对了，棉花糖，"蓝一纯一本正经地问，"pig 中间的字母是 U 还是 I？"

唐绵绵毫不犹豫，"pig 当然是 I！"

"当然是 U！"蓝一纯争辩。

"pig 是 I！"唐绵绵急得想要咬她。

"好好，我没说 pig 不是你呀，我说 pig 是 you 啊，你急啥？"蓝一纯一脸坏笑。唐绵绵才知道上当，扑过去要掐她。她们嘻嘻哈哈笑做一团。

窗外，雪花纷纷。她们嚼着零食，畅想明天。青春还远远在路上，整个世界是属于她们的，即使失望、即使受伤，依旧坚信，冰期过去、大地复苏、春光灿烂、阳光明媚、大树盛装、鸟儿歌唱、青蛙重生，她们还会是快乐。无忧无虑的她们。

不知道什么时候，零食差不多吃完了，暖水壶里的水早已冰冷。这个"绣花枕头"不保温！蓝一纯看书。唐绵绵的困意上来，抱着暖气蜷缩着身子睡着了。

唐绵绵梦见自己在雪地里一个人走路，天苍苍地茫茫没有人烟，风拉起她的头发，拽起她的衣衫，想把她撕碎然后再抛上天空。蹙如青山的眉头积满了苔藓，深

如潭水的眸子承载着上古世纪的忧愁。曾经圆润如玉的脸庞凝结着厚厚的岁月风尘，皲裂的嘴唇刻画着她干枯了的梦想。

　　她一个人走路，周围激起猎猎的风，脚和大地接触的瞬间，发出轰轰的震动声，每一步，都像踩在谁心上，血肉模糊。抬眼，看不到远方。

　　醒来发现蓝一纯抱着大狗靠在她身边也睡着了，外面烟花满天，她们都十九岁了！

　　唐绵绵怔怔地望着窗外的雪花想起了松子，心隐隐地痛。以前，松子都会在新年送她贺卡的，上面写一些"不要太胖"、"不要太凶，早点把自己嫁出去"之类的玩笑话。今年他有了女朋友就把她给忘了吧。有泪轻轻滑下来，这是唐绵绵给自己的新年礼物。"新年快乐！"她对自己也对全世界说。

　　蓝一纯在睡梦中舒服地扁了扁嘴，面容甜美得像一个水晶苹果。她靠在唐绵绵的右肩。唐绵绵最喜欢的节目主持人，曾用透着阳光的声音告诉她："当你寂寞时，就看看自己的右肩，那里有守护你的天使。""蓝，谢谢你！"唐绵绵由衷地喃喃。

　　　　故事从一双玻璃鞋开始

　　　　最初灰姑娘还没有回忆

不懂小王子有多美丽

直到伊甸园长出第一棵菩提

我们才学会孤寂

在天鹅湖中边走边寻觅

寻觅

最后每个人都有个结局

只是踏破了玻璃鞋之后

你的小王子跑到哪里

蝴蝶的玫瑰可能依然留在

几亿年前的寒武纪

怕镜花水月终于来不及去相遇

5

　　蓝一纯被她的男朋友——一个叫苏扬的男孩子接走去玩了。高高个子的苏扬，笑起来春暖花开的，两个人站一起像纤尘不染的水晶苹果，羡煞旁人。他们诚恳地邀请唐绵绵一起去，可唐绵绵发誓自己不想在新年的第一天做超大瓦数的电灯泡，便死命拒绝了。几乎摇断脖子。

　　唐绵绵一个人背着书包，抱着暖水壶和大狗狗往宿舍走。路过学生活动中心门口，一个雪人从路边蹦出来，吓得她脚下一滑，差点站不稳摔跟头。

"你去哪儿了，我找了你半夜!"

那人气急败坏地冲她喊，像被狗咬着了脚。声音听起来好耳熟，唐绵绵抬头看见是松子。

"怎么啦，不陪你女朋友，找我干吗?!"

唐绵绵不找他算害她差点摔倒的账，但也绝不领他"关心"的情。她绕过他继续往前走，头都不肯再抬一下。

"你这臭脾气，真是不省心，你要不改，根本找不到男朋友!"

他从后面赶上来，接过唐绵绵手里的东西。

"要你管!"唐绵绵气不打一处来，"你别以为自己有了个女朋友有什么了不起的!"

"唉!"松子垂头叹气。不再跟她斗嘴，实在少见他这样。

"怎么啦?"唐绵绵问。五分好奇+四分无心+一分于心不忍。

"走吧，我请你喝东西，再跟你慢慢说。"

学校边的小吃店。热气腾腾的红豆汤加了很多汤圆，唐绵绵一口气喝了两碗，擦擦嘴巴问松子怎么啦。他便一副丧家犬模样，可怜巴巴地说自己地位受到了威胁，那个男孩子是佳宁二十年青梅竹马的朋友，整天对

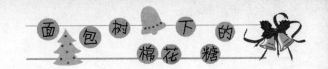

佳宁穷追不舍。求唐绵绵帮他整"情敌"。

唐绵绵第一反应当然是不答应。她说："你这样怎么行啊，这点小坑小洼的你就过不了，佳宁那么优秀，以后艰难险阻洪水猛兽什么的还多着呢！松子，你得增加点信心，自己去摆平，为以后的血拼沙场来点军事演习！"

松子央求她说："好绵绵，我不怕洪水猛兽，我害怕佳宁的'青梅竹马'，我们认识不久，怎么跟他们二十年的交情比？你就帮我这一次吧。"

唐绵绵把头摇得像服了某种不健康药品一样，说："我可不干这等缺德事，今天是新年啊，我怕遭报应啊，害我一年不得好日子过。"

松子急了，说："什么叫遭报应啊，这叫救人一命胜造七级浮屠。成就了一桩好姻缘，你一定得好报的。"

唐绵绵心里想，我成就了你，是不是"棒打"了另外一对鸳鸯还不一定，我可不稀罕造什么浮屠。可毕竟吃人家的嘴短嘛。而且，管他棒打不棒打鸳鸯，胳膊肘不能往外拐不是？唉，看着松子的可怜样，想着自己以前也没少欺负他，既然这任务还不算太艰巨，就当将功补过好了。

唐绵绵只得痛下决心点了点头。松子大叫："绵绵，你真是个好人！事成之后，松子我不会亏待你的！"

唐绵绵看着他一副小人得志的模样很想骂：你得意的时候怎么想不到我啊，真是有奶便是娘！但想了想，后半句实在不妥，便没吭声。

所以，十九岁的新年第一天，唐绵绵就有了蓄意撞人还耍赖吃人家东西的一幕。

唐绵绵举双手加双脚发誓，自己是好人！做这等见不得人的事是迫不得已啊！自己比谁都难过，如果被旁人知道，她本来就不伟大的形象就彻底毁了。而且，帮松子追女朋友，那就是把她十九年来伸手就打张口就骂的一"受气包"拱手送人啊！虽然他不怎么样，可这么多年了一转身就看见的人一下子找不到了，她就不心疼吗?!

这话怎么那么耳熟啊！对了，奶奶扔掉一个用了二十年的枕头时就是这种口气！不说了！

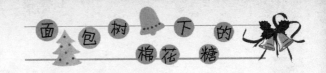

第四章　天上掉下一碗粥

1

日子开始变得尴尬，还不能倚老卖老，更不能倚小卖小。对大学生活的神秘新鲜感，已消失殆尽，不再背着大书包屁颠儿屁颠儿满世界跑，而自己出去闯一番天地的梦想还在不远不近的刚好够不着的地方招手。

几次考试下来积累了丰富的考场经验，还有一个下午突击一门课而考试成绩优秀的记录，让唐绵绵根本无须为姗姗来迟的期末考试三更起五更眠、两耳不闻窗外事一心只读圣贤书，而跟自己过不去。反正她从未指望那为数不多的奖学金来安慰自己的"囊中羞涩"之苦。反正青春长得没有尽头，毕业还属于某年某月某一天。

反正是遥遥无期的事。唐绵绵敢发誓，那个戴眼镜的高个子老头儿，在开学第一节课用他比她唐绵绵跑调跑得还准的破锣嗓子上完课后再也没有见过她。因为点名时，他从来只看点名册不看人，而且耳朵又背，唐绵绵用三支"可爱多"冰淇淋贿赂了同屋的小胖子替她答一个学期的"到"。因此，在一星期唯一一次要起床上课的早上，她也能高枕无忧。

松子跟佳宁的关系经过唐绵绵的大力相助现在跟碉堡一样牢不可破，两人如胶似漆。为避免受刺激，唐绵绵躲着松子不见。蓝一纯也经常和苏扬一起过两人世界，唐绵绵更不能去当电灯泡。

每天缩在被窝里看小说、看碟、听音乐，或对着电脑屏幕跟一群不知道年龄性别肤色的所谓网友的人瞎侃，饿了就胡乱吃面包饼干或关上门用电饭锅煮泡面，困了就睡，不分黑夜白天。偶尔，去课堂温习一下快被遗忘的老师面容，顺便从蓝一纯书包里找本子复制落了两月的作业。或去图书馆从一大堆落满灰尘的书里挑选几本能和自己臭味相投的，留着没事的时候翻翻。唐绵绵生活的唯一规律是，星期五下午一定要和蓝一纯穿过一条长长的街去那家叫什么客隆的超市去采购下一星期的"干粮"……

当然会有无穷无尽的烦恼，比如，用爆的电话卡塞

满一抽屉，钱包空了，而下月生活费的到来还遥遥无期；比如，图书馆总借不到好看的书，而没用的书一大堆，害她淘得眼睛疼；比如，虽然用了最新的祛痘面膜，小痘痘还坚持打扰原本五官还算端正的脸，其不屈不挠艰苦奋战的精神绝不亚于南泥湾的三五九旅……心情当然如裸露在空气中的白磷一不小心就着火；比如，同屋的阿莉又失恋了，而她男朋友正好是唐绵绵讨厌得要死的人，她就乘机公报私仇，慷慨激昂义愤填膺地把他从头到脚批得体无完肤一无是处，好像他的存在就是对广大人民感情的伤害，就好像失恋的是唐绵绵而不是阿莉；比如，胸口发闷，就站在阳台上冒着被扔拖鞋吐口水的危险，伴着锯木头一样的吉他声，用破竹竿捣烂瓦尿罐子一样的嗓音（妈妈的评语）唱："最近比较烦，比较烦……"

总之，日子就像挂在树枝上的破塑料袋，风一吹发出难听而又无能为力的噪音。

最近，唐绵绵一潭死水般的生活有了一个能荡起一片涟漪的亮点，那就是吃早饭！

估计很多人听到唐绵绵的想法都会嗤之以鼻，什么破追求啊?！豆浆油条牛奶鸡蛋八宝粥，翻来覆去，排列组合也就那么多花样，还能吃出来乐趣？！

嘿嘿，那是常规的吃早饭不是？为此你要付出惨重代价——比如，要梳洗吧，不然你怎么见人？要适当早起吧，晚了就没的吃了。而且，最重要的是，你总得屁颠儿屁颠儿跑一趟亲自去吃不是？

而对唐绵绵这种不喜欢修边幅憎恨早起，宁肯咬咬牙挺住老师的淫威，不管他学分、考试成绩、期末测评，坚决不肯上课的人，这些足以要了她的老命。

怎么样才能不早起不梳洗躺在被窝里吃早饭，吃完了还可以美美地再睡上一觉呢？嘿嘿，一般人想不出来吧，因为你没懒到家啊！有句话叫"车到山前必有路"，形容唐绵绵吃早饭再准确不过。看招！

经过一个多星期的实地考察，唐绵绵发现她们宿舍的阳台对准楼下大厅门口，而大厅里就有早餐店。这就意味着，唐绵绵和早餐和大地成一条直线。空间上的问题完全不严重嘛！

但早餐不会因为这个而自己飞上来。经过三天三夜苦思冥想，挖空心思绞尽脑汁直到肝火上升肠子纠结，伟大的唐绵绵终于想到了一个前无古人后无来者的万全之策。

唐绵绵跑到图书馆向正看在书的蓝一纯寻求支援时，小妮子几乎把头摇断，声称："坚决不能间接毒害

祖国的花朵，不能培养社会主义的蛀虫。"

硬的不吃来软的，唐绵绵正准备放弃尊严、死乞白赖、软磨硬泡、不达目的誓不罢休时，一个可爱的身影映入眼帘。

有了！宿舍有位"勤劳的处女"——小胖子。整个一又红又专的"积极分子"！谁不让学习跟谁急！有课必上，从不缺席，没课就去图书馆报到，比那看门的老头儿出勤率都高。而且朝九晚五，雷打不动。嘿嘿，就她了！

翻箱倒柜找出以前松子送来的水果篮子。水果当然是早已被唐绵绵消灭，而且经过五脏六腑消化完早就成农民伯伯的肥料了。

唐绵绵把空篮子拴上一根绳和一个铃铛。她们住三楼，那绳大概十多米长，够了。就这样，硬件措施准备完毕。

花了五只"可爱多"买通小胖子。约定好每天早上她上课去图书馆时把唐绵绵叫醒，走到楼下时帮她买早餐。唐绵绵把篮子放下，等她把早餐搁进去，摇动铃铛，唐绵绵再把篮子吊上来就大功告成了。

"天才就是天才，任何状况下都显示出自己的过人之处！"

别误会，这不是什么名人名言，这是唐绵绵跟蓝一纯自夸的话。当时，蓝一纯抱着垃圾桶几乎把胃吐出来。可怜的小美女，谁让你遭遇了棉花糖?!

第一次实施计划时，一切顺利。清晨，万丈朝霞光芒中，唐绵绵睁着睡眼惺忪的大肿眼睛，紧紧盯着篮子摇摇晃晃上来，口水几乎流成河。当白色塑料小碗在她手心里稳稳降落，不，是"升落"。唐绵绵心里的成就感不亚于第二次世界大战中盟军登陆诺曼底，激动得几乎要流泪。粥弄洒了一点，却完全不影响唐绵绵的食欲。她一面喝着甜甜的八宝粥一面向正看书的蓝一纯自夸:"聪明吧我，天才吧我!"

蓝一纯敲着好朋友的脑袋骂:"懒惰吧你，堕落吧你!"

嘿嘿，这丝毫不影响唐绵绵的好心情。痛痛快快地喝完粥，把盛粥的方便盒扔进垃圾桶抹了抹嘴巴接着睡的滋味，那叫一个爽，天才就是天才! 唐绵绵得意洋洋，很快再次沉入梦乡。

第二天运粥的时候，楼下聚集了一大帮男生起哄，"天哪，看那是什么?! 真天才! 小妹妹，粥好不好喝啊，给我喝点吧!"

唐绵绵得意，不理他们，稳稳当当把粥运上来，哧溜哧溜地喝了一个精光，把垃圾一丢倒头就睡。日子过得像那个歌里唱的那个什么，对了，像蘸了蜜的

　　唐绵绵突然觉得手里一松，本来稳步上升的篮子毫无留恋地背离她向大地飞去。她的瞌睡虫立刻吓跑了一半。

　　接着啪的一声篮子落地，还有一个男生的惨叫"啊"。唐绵绵的另一半瞌睡虫也立刻消失无影踪。

　　唐绵绵第一个反应是"坏事了"，第二个反应是"怎么办啊"，第三个反应是"逃"！

糖。

一个星期后，再没有人起哄。因为每天早上唐绵绵穿着睡衣顶着鸡窝一样的头发趴在阳台上，会发现隔壁阳台和对面的楼上，垂着大小样式颜色不等的篮子七八只。同样，有七八个一样蓬头垢面的脑袋和七八双惺忪的睡眼。嘿嘿，唐绵绵心里那叫一个美滋滋，自从幼儿园时考第一阿姨给带上大红花，这种高兴得飞上天的感觉很久不曾有啦。唐绵绵真想做"空中飞人"直线冲过去问他们收"专利费"，因为加进了成就感，那粥喝起来都比平时香甜。估计爱迪生发明灯泡后被普及也就她此刻这心情。而且她惊喜地发现，她的"吊篮"技术开始炉火纯青：篮子上升的速度加快，粥还一点不洒！

嘿嘿，日子是多么完美啊，如果唐绵绵不照镜子。

宿舍有一台体重计，上面贴着减肥口号：今天你减了吗？

在不曾堕落的日子里，每天保持在正常范围内不减的体重让唐绵绵烦恼不已。但现在看着镜子里越来越圆的脸，硬是没有拒绝吃早餐的勇气。这是唐绵绵生活中唯一的希望啊！这点光明没了，那她就重新沉入无边的黑夜，那她唐绵绵活着还有什么意思，还不如……

放心，唐绵绵不会做傻事。所以，这早餐坚决不能

减。唐绵绵怕她会一不小心把镜子砸了损坏公物，或把那体重计上"今天你减了吗？"的口号换成"今天你增了吗？"所以想了一个两全其美的办法：接着吃早餐，不照镜子，不站体重计。

蓝一纯说，这叫"掩耳盗铃"。唐绵绵说，你能把自己哄高兴了，这叫境界！

蓝一纯看唐绵绵的表情让唐绵绵觉得，应该自个儿爬进垃圾桶去，而且应该进"不可回收"的那桶。让人家拎，人家都怕脏了手。

3

如果日子就这样过下去，世界上就多了一个胖了，给那些排骨美女们又多了一个堕落发胖的理由。可惜，上天可能不喜欢胖子，所以，它阻止人们再继续发胖下去，因此它就给了唐绵绵那样一个早晨。

上天是喜欢捉弄人的，像个顽皮的孩子，它喜欢看见人们措手不及的样子，因此暴风雨来临前总是异乎寻常地宁静。那天一切都跟平时没有任何不同。唐绵绵像往常一样听见铃铛声就往上提东西，瞌睡虫还在体内作威作福。唐绵绵在光芒四射的晨曦中，趴在被露水打得微湿的阳台上，打着不大不小的哈欠，稳操胜券。眼看美味的皮蛋瘦肉粥就要到嘴巴边了，她伸手擦了擦嘴

巴，免得口水都流出来，怪破坏形象的。

二楼，大概就是二楼的位置。也许是绳子磨损老化，也许是为唐绵绵工作那么久唐绵绵不曾款待它——用完了胡乱一搁，它气不过要罢工。也许，也许，上天真的看不惯在它威武神明的统治下，还有如此堕落如此聪明的子民。

唐绵绵突然觉得手里一松，本来稳步上升的篮子毫无留恋地背离她向大地飞去。她的瞌睡虫立刻吓跑了一半。

接着啪的一声篮子落地，还有一个男生的惨叫"啊"。唐绵绵的另一半瞌睡虫也立刻消失无影踪。

唐绵绵第一个反应是"坏事了"，第二个反应是"怎么办啊"，第三个反应是"逃"。唐绵绵啊，唐绵绵，要是考试时思路有这么清晰，你早到名牌大学里混去了！

来不及感叹自己的随机应变，唐绵绵扔掉绳子就往屋里跑，闻声赶来的蓝一纯要伸头往下看，唐绵绵一把拉住她，"你找死啊?!"

果然，下面传来一个男生凄惨的声音，"谁干的好事? 下来给我道歉！"

唐绵绵"两股战战，几欲先走"。蓝一纯一把拉住她，"你得去道歉啊！"

"不行，我会死的！"死命挣脱她的手，唐绵绵飞速钻进下铺蓝一纯的被窝。

巨蟹座，遇见突发状况会迅速爬进保护性的壳里，逃避是他们的习惯，书上如是说。唐绵绵是典型的巨蟹座。从此她不再怀疑星座书。她的这个壳还是柔软的，带着蓝一纯刚刚爬出去还没散尽的温暖。

只可惜这壳并不能带给她足够的保护。用被子蒙住头还能听见一个人被开水烫了般惨叫的声音，"三〇一，赶快出来给我道歉！要不我上报学校，你们就吃不了兜着走！"

接着有人拉被子，唐绵绵像撞着了鬼一样大叫："不要啊！"

被子凌空而起，唐绵绵下意识地缩做一团。蓝一纯小鸡啄米一样，点她紧紧抱着的可怜脑袋，"你总不能这样躲一辈子吧，快下去道歉不就没事了！"

抖做一团的唐绵绵，看着一脸义正词严奔赴战场一样的蓝一纯，嘴巴一张一合的，倾国倾城貌，让她这等算不上级别的女色狼都忍不住流口水。唐绵绵脑袋像得了神的旨意一样，突然金光一闪。

唐绵绵一个鲤鱼打挺起身拉住蓝一纯的手，"好姐姐，救人一命胜造七级浮屠。你替我下去吧。"

想来蓝一纯打死也弄不明白这事跟她有什么关系，

她漂亮的头摇得跟拨浪鼓似的，"什么？不行！你自己做错了事就该自己勇敢面对。"

唐绵绵嬉皮笑脸，不达目的决不罢休，"你怎么那么革命啊？不就是道歉嘛，谁去不一样？美女又好办事。我一下去，他火气上蹿估计能把这楼烧了。看见你他顶多燃一小火苗，没准，他还会为自己太大声而向你道歉呢！你就替我摆平呗，对你还不是小菜一碟。美女姐姐，求求你了。"

估计蓝一纯身上的鸡皮疙瘩得一层一层地往下掉，唐绵绵却一点不觉肉麻。大难当头啊，保命要紧。

蓝一纯继续摇头，"棉花糖，你不要老是逃避嘛！"

见没有商量的余地唐绵绵便开始耍赖，"那算了，我是不会去道歉的，你看我这样，头没梳脸没洗，衣服都没穿整齐，怎么下去道歉？他爱怎么喊就怎么喊，我不管，告到学校里，大不了我退学呗！"

说完，唐绵绵故作破罐子破摔状松开蓝一纯的手，顺势又要倒下去睡。

楼下的声音更凄惨，"你们有没有人听见？我开始喊了啊，三〇一！"

一摊烂泥似的唐绵绵，鬼哭狼嚎的"倒霉蛋"。蓝一纯估计了一下局势，大脑飞速核算了一下。三秒钟后，她得出结论——对付"倒霉蛋"比对付唐绵绵轻松多了。她"恶狠狠"地用目光"剜"了唐绵绵一眼，恨不得挖掉唐绵绵一块肉。只可惜，功力不够，只能算是"温柔的一刀"。

蓝一纯走到阳台上冲下面喊："同学，对不起，我就下去，你等一下。"

唐绵绵一把抱住正穿外套要下去的蓝一纯感激涕零地喊："好姐姐，万岁！"

蓝一纯敲唐绵绵脑袋，"还万岁呢？碰见一不省心的，我活过今天就不错了。"

"哪儿能啊，谁看见美女不歇菜啊，除非他一柳下惠。可惜柳下惠跟恐龙一起亿万年前就绝种啦！所以，你一定马到成功！"

蓝一纯说："你别跟我糖衣炮弹了，好好替我祈祷吧。"

唐绵绵唯唯诺诺，把头点得跟一刚保住命的"降臣"一样。

目送蓝一纯出门。唐绵绵才敢躺在床上大大出了一口气，"有惊无险，我真是福大命大。老天爷，我给你烧高香，你就保佑我平安无事吧。"

4

蓝一纯优哉游哉回来时，看她一脸的春风得意就知

道事情办得不错。唐绵绵谄媚地帮她捶背，讨好地说：
"怎么样，我就说嘛，美女出马，立竿见影！辛苦啦！"

蓝一纯轻描淡写地摇头，"人家让你亲自去道歉！"

"什么？"唐绵绵下意识地一使劲，手下力道太重，
蓝一纯哇的一声惨叫："棉花糖，你叫我死啊！"

"对不起，对不起！"唐绵绵赶忙帮她揉揉，"你不
是道过歉了吗？"

"可是人家让你亲自去啊！"蓝一纯边说边优哉游
哉地开始叠被子。

"有没有搞错？"唐绵绵扯扯自己的耳朵，它还健
在，应该是没有听错。唐绵绵百思不得其解，死命地拉
住蓝一纯的胳膊，"他怎么知道闯祸的是我？你不是已
经道过歉了吗？"

"我跟他说，我替好朋友棉花糖来道歉。人家不同
意，非要见到肇事者。"

这个猪头，笨妮子。心眼一定是给水泥糊住了——
实在得真够可以！真想敲开蓝一纯的脑袋看看是不是里
面结构有问题。唐绵绵的脸都绿了，"啊——你怎么这
么弱智啊，你说是自己干的不就完了，干吗这样费
事？"

"我不喜欢撒谎。"蓝一纯背起书包，不管唐绵绵
的眼都快翻得像"斗鸡"了！一脸的云淡风轻，"我要

去图书馆啦，只能帮忙到这儿了，你自己看着办吧！"

走到门口，她又回头嘱咐："快去啊，人家说最多等十分钟，够你洗脸刷牙的。反正他知道了你的系和班级，还有姓名，这事摆不平你麻烦就大了！"

唐绵绵颓然倒在床上，真是交友不慎啊！这个问题还比较容易解决，以后要抓紧时间把蓝一纯的小脑袋瓜改造一下，作为好朋友她唐绵绵今天才发现她的问题也算是失职。

问题是，楼下那个"倒霉蛋"怎么办?!

慢腾腾地洗脸、换衣服、梳头。唐绵绵看着表一直走到九分钟半才极不情愿磨磨蹭蹭像杀人犯奔赴刑场一样下楼。快到大厅时，为防不测，她溜着墙根，小心翼翼地先观望"刑场"地形。只见一个高个子男生站在大厅中央，不怕众多女生的"猫见耗子一样"贪婪的目光考验，誓不罢休地巡视着从楼梯上下来的可疑人等。

那碗粥没唐绵绵想象得恐怖，她一直以为它会不偏不倚砸到"倒霉蛋"头顶，弄他一个"落粥鸡"。因为她是相信"面包掉地上一定是带黄油的那面着地"的悲观主义者。事实上，那碗粥落到了他右肩膀上，一滴不剩地全洒在他看起来价值不菲的休闲装上。那可怜的篮子还有盛粥的饭盒已被人扔进垃圾桶。还好，粥要洒

在地上估计扫地大妈都饶不了她。事情还没到最坏的地步。唐绵绵按着胸口让自己深呼吸，放松、放松。

虽然这样，看着男生两眼发光，"宁可错杀一千，不能漏网一个"的样子，唐绵绵还是战战兢兢，以两秒钟一步的速度前进，十几米路走得比跑马拉松还辛苦。

快接近目标时，男生也发现了唐绵绵，凶狠狠的目光直射过来，唐绵绵立刻抖做一团糠。不对啊，唐绵绵心想：我虽害怕，意识却还清醒。这人看起来怎么有些眼熟啊？我在哪儿见过呢？一时想不起来。

他径直走过来，离唐绵绵大概三十厘米处停住脚步，直瞪瞪地看她，"你就是棉花糖吧？"

声音也有些耳熟。他长得很帅耶，是那种浓眉大眼很有英气的男生，有点像大明星张震。唐绵绵意识到这一点时，立刻改变了自己刚才"曾见过他"的想法。我怎么可能见过这样的男生还"江山一片大好"？不用等南极北极冰雪融化，地球肯定早被我的口水淹没了。他眼光倒挺准的，一眼就把我这"嫌疑犯"认出来了。他以后当警察挺好，可惜我当小偷就不那么好了。

唐绵绵正胡思乱想，"倒霉蛋"已经居高临下像老鹰抓小鸡一样占据了绝对优势地形，站在她眼前。

"咳，我问你呢，你是不是叫棉花糖？"他咄咄逼人，看来来者不善。

唐绵绵只得唯唯诺诺，像嘴里衔块热茄子一样含混不清，"是的，我是。"

然后，唐绵绵看见他眼睛弯弯地笑了，按道理说，一个帅气的男生笑起来就算不能"倾国倾城"，最起码也会让她这等花花草草垂涎三尺。但唐绵绵却觉得他一脸的"作奸犯科"，感觉怎么那么不对劲啊？

唐绵绵的大脑在紧急状况下以十二倍的功率飞速旋转，抓住刚才觉得他眼熟的线索顺藤摸瓜。眼熟，她接触过的男生，校园长椅，零食……松子的"情敌"，也就是佳宁的"青梅竹马"！

唐绵绵错愕得下巴都要掉下来！完啦，今天被抓住，新账老账一起算，她唐绵绵有几个命够活啊！她不是猫没有九条命，这点很清楚，所以，她这条小命不保！

当唐绵绵发现了这一点后，只好顾左右而言他，"那个，咳！"

不能这样坐以待毙！唐绵绵的大脑继续飞速旋转。平时不怎么灵光的脑袋像个驮着重物的老牛一样，累得哼哧哼哧的，还好，终于被她想到！

唐绵绵努力调整面部肌肉，尽量让自己"笑靥如

花"。进入状态后，很认真地看向男生背后，"哎，你今天怎么没上课啊？"

男生一回头想看个究竟。

虚晃一招，唐绵绵以迅雷不及掩耳之势转身飞奔上楼。速度之快像猎狗追赶下的兔子。要是体育课上有这么大爆发力，估计一百米、八百米跑什么的唐绵绵也不会回回最后一个到终点了。

大厅里楼梯前有块牌子，上书"男生止步"。他不敢贸然追来，因为大妈的"枪林弹雨"可不是一般人能消受得起的，不死也会脱层皮。但就是这样唐绵绵还是不敢放松警惕，一直跑到宿舍把门关上才瘫倒在地上，靠着门喘粗气。

两分钟之后，她小心翼翼地走到阳台上，贼头贼脑地往下张望，楼下一片和平气象。人来人往的，不见了男生的影子。一块大石头一下子从喉咙落到地上，扑通一声，响得她贼舒服贼舒服的。

唐绵绵伸伸腰得意地想，他一定没发现我就是蓄意撞他还赖东西吃的贼。嘿嘿，他肯定以为蓝一纯的朋友肯定也是一倾国倾城的可人儿，非要请出来"一饱眼福"，没准还能赚些便宜。却没想到来这么一个影响市容的，让他失去了兴趣。

这样说，她唐绵绵平时责怪妈妈"把我是生成这德行对不起广大人民的眼睛"是错怪她了，老妈多有先见之明啊，要唐绵绵是一大美女今天还不落入虎口？指不定发生些什么事让她后悔终生呢！

嘿嘿，危急警报解除。唐绵绵又可以接着睡觉了。一碗粥快到嘴了又飞了，有点可惜。唐绵绵有些遗憾地进入梦乡。

如果发生了这么大的事，唐绵绵还敢执迷不悟的话，她就不是以"胆小如鼠"著称的棉花糖了。所以，第二天本来该"红红火火"运粥的时间，她只能眼望着大化板一声接着一声叹气。

蓝一纯都有点于心不忍。她说："棉花糖，要不你起床梳洗，跟我下去吃早饭吧。"

唐绵绵坚决地摇头，"不行！宁可不吃粥，不可不睡觉！"

蓝一纯决定收回自己的善心，估计如果唐绵绵这会儿被下放到西伯利亚去，她连眼睛都不带眨一下的。

"叮——"电话铃响。

"好的，你等一下。"

接电话的蓝一纯把听筒放在桌子上，伸手拽唐绵绵的被子，"找你的，棉花糖。是个男生喔！"

蓝一纯冲唐绵绵眨眨眼睛做鬼脸。"这小妮子！男生？松子？他这会找我干吗？"唐绵绵疑惑着一骨碌翻身下床，有气无力地拿起听筒。

"喂，松子，这么早干吗？"唐绵绵打着哈欠懒洋洋地说。

"喂，你是棉花糖？"

一个陌生的挑衅的声音，凶得不可一世。唐绵绵的战备等级立刻提高了三分，"是啊，找我什么事？"

"我是昨天被你用粥砸的人！"来者的声音不怎么友善。

"哦，是你啊。怎么啦？"唐绵绵的一颗心一下子被提到喉咙眼，要不是摁得及时，估计它都会蹦出来。

"怎么啦?！你别说话，听我说。你昨天还没向我道歉呢？现在乖乖下来道歉，我们没事。否则，海报栏上会出现什么内容，我可不想看见，估计你也不想看见吧？"

"哎，你怎么那么卑鄙，那么小人啊！"唐绵绵着急地大喊。

"啪"，对方挂了机。

唐绵绵颓然瘫倒在地上。只有呼的气，没有出的气。

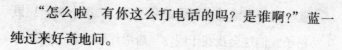

"怎么啦，有你这么打电话的吗？是谁啊？"蓝一纯过来好奇地问。

"是彼男。"唐绵绵有气无力地答。

"彼男？"蓝一纯疑惑。

"就是昨天被我用粥洗澡的那个男生，我又不知道他叫什么，简称'彼男'。"

"哦。呵呵！"蓝一纯恍然大悟地笑。然后，趁唐绵绵不备背着书包夺门而逃。留下一句话："嘿嘿，你自己解决吧，我这回可帮不了你，我上课去啦！"

真是一只披着羊羔皮的白眼狼。蓝一纯，以后有你好瞧的。唐绵绵咬着牙恨恨地想，几乎把睡衣拧成麻花。

现在怎么办啊？名字出现在海报栏上，如果是好事，我勉强接受也就算了。问题是，我棉花糖这辈子就没跟好事沾过边。我可不想本来就不高大的形象再乌七八糟地乱作一团，我以后可是要嫁人的。如果能嫁给松子也就无所谓了，我几斤几两他比谁都清楚。可现在他有佳宁了，看松子一副亡国臣谄媚新君的样子对佳宁，就知道他肯定是"非她不娶"的。就算佳宁甩了他，别人他也不会看一眼的吧。呸呸，他不娶我算啦，我棉花糖又不是没人要的！我可不能这样咒松子，既然要嫁别人，就得维护形象吧。

　　唐绵绵蓬头垢面地坐在地上，心里的小算盘劈里啪啦响了一阵后，决定再来一次赴汤蹈火。

　　脚底板长鸡眼一样艰难地挪到楼下。看到彼男时，他在楼下一脸奸笑地看唐绵绵。明知道跑不了了，唐绵绵干脆心一横，一副"要杀要剐随你便"英雄就义前的表情，不卑不亢地走到他面前。

　　他却不那么便宜她，一步步硬把她逼到一个墙角。

　　"你想干吗？"面对一座大山，唐绵绵有些慌，"我向你道歉还不行吗？昨天的事，对不起！"　.

　　"不行！"他斩钉截铁地说，"昨天给了你机会，可你没有好好利用，今天过期作废！"

　　"那、那你想怎样？"唐绵绵开始有些结巴。因为有好几个女生开始往她们这边看，还有班里的几个丫头冲她做鬼脸。看看他们的谈话方式也真是够可疑的。天哪，她唐绵绵还没有家属呢，这暧昧的样子被传出去，谁敢要她？！唐绵绵嗫嚅着移动，想突出重围。

　　"你干吗？"他早有准备，一把抓住她的胳膊，把她反扣在墙上，这回她一丝都不能动了。

　　"你想怎么样？"唐绵绵急了直喊起来。

　　"你叫吧，越多人听见越好。"他得意洋洋地笑，一脸的"胜券在握"。

　　此君不吃硬的，不过没关系，有句话不是叫"软硬兼施"吗？关键时刻，棉花糖的应变能力还是可以的。意识到喊下去对自己没有好结果后，唐绵绵便"乖"下来，"你想怎样？"

"不难啊，你请我吃饭。"他也息事宁人。

唐绵绵当然不乐意了，"昨天我的粥还没喝成呢，怎么没人请我吃饭?！不行!"

"好啊，如果这样很舒服，你就待着吧。"他不急不躁、云淡风轻。

这样下去也不是办法啊，唐绵绵的脑袋开始开机运行。这死人为什么死缠着我不放？一定不只想赖我一顿饭这么简单，肯定有不可告人的秘密。

唐绵绵飞速把事情的前因后果想了一下，他好像没有认出来我就是骗他零食吃的"无赖"。但如果这样的话，实在没有什么理由。对了，那天是蓝一纯先下来替我道歉的。他肯定是看上了美女蓝一纯，借这机会接近她。蓝一纯啊，蓝一纯，谁叫你跑那么快，见死不救呢？你不仁就别怪我无义啦!

于是，唐绵绵像电影里"叛徒"出卖机密时一样一脸讨好地对他说："你是不是想认识昨天的那个美女啊，没关系，你跟我直接说就可以了嘛。我帮你们牵红线啊？虽然她有男朋友，没关系的。我帮你拆散他们。'棒打鸳鸯'的罪过绝对不让你承担啊!"

"什么美女?"他一脸疑惑。

"昨天那个替我来道歉的啊!"

"哦,我正擦衣服,没看清。她给了我你的资料就走了。对了,我干吗想认识她,你干吗又要'棒打鸳鸯'啊?"

唐绵绵暗暗叫苦:好啊,蓝一纯,你这个大尾巴狼可把我害苦了,回头让你见识我的厉害!老虎不发威你当我是病猫啊?对了,彼男是佳宁的"青梅竹马",他怎么可能看上别的美女?真猪脑子!不过,他的目的是?

唐绵绵飞速发动功率不怎么样的大脑马达,又想了一下,突然想到松子。他该不会是发现了我是骗零食的贼,来报复我的吧?或知道了我和松子的奸计,然后以其人之道还治其人之身,联合我来报复松子。不管怎样,都不是我感情上接受得了的事。我还得逃!

唐绵绵故伎重演,顾左右而言他,装做很认真地看向男生背后,"哎,你今天怎么没上课啊?"

可惜,彼男不上当了!他纹丝不动地一脸坏笑,好像在说:小样,看你还耍什么花样?

唐绵绵直骂自己猪脑子,也是啊,像我这等智商都不会上同样的两次当,虽然他看起来也不会比我智商高，但也还不至于笨到这种程度。

"还有什么伎俩都可以使出来啊！"他一脸坏笑，慢慢逼近，"怎么样？想好了没？"

他身上有种淡淡的香皂的味道，干净而温暖。天，长这么大，第一次跟一个男生这么"亲密接触"。唐绵绵突然脸红心跳，几乎不能呼吸。情急之下，突然恶向胆边生。伸出脚狠狠地朝他右腿小腿的位置上踢过去。

"啊"，他一声惨叫，也随之松手。

唐绵绵就又尽心尽力地表演了一次了《罗拉快跑》。

6

虽然没有粥喝，但也没有噩梦来打扰，接下来几天风平浪静。唐绵绵才明白和平年代的可贵，明白了奶奶一直唠叨的"平安就是福"。

唐绵绵是被蓝一纯威逼利诱才去上那个叫什么"计算机原理"的课的，她说快期末考试了，这老师很变态的，课堂点名占考试总成绩的很大一部分。唐绵绵你都快缺三分之一的课了，再这样下去，肯定死翘翘。她可不愿自己的朋友是这样一个窝囊废害她丢面子。

　　早上，闹钟响了三遍后，蓝一纯使用十八般武艺，从"河东狮吼"到"化骨绵掌"，从"一指禅"到"凌波微步"，最后，把一块蘸了水的凉毛巾放进了唐绵绵被窝，终于使得她穿戴整齐地坐在教室里，但继续睡眼惺忪。

　　点名了。老师一个个喊人名字的时候，唐绵绵正在周公门口晃悠，琢磨着很快就可以见到周公，正搁那儿乐呢。

　　老师喊："唐绵绵。"

　　突然平地起惊雷的一声，唐绵绵本来昏昏欲睡的，一激灵，就完全清醒了，响亮而清脆地答："到！"

　　然后唐绵绵就看见，老师被惊得瞳孔放大，然后推了推啤酒瓶底一样的眼镜使劲确认没见过她，才放心地接着点名。

　　估计他太习惯了每次喊完"唐绵绵"后，如入无人之境，他就会得意地在小本本上唐绵绵的名字后画一个符号。今天唐绵绵不打招呼就来，所以一定要确认她是不是假冒伪劣。这好办啊，只要感觉唐绵绵的面孔很陌生就一准没错，因为唐绵绵几乎没来上过他的课。

　　经这么一吓，瞌睡虫全跑光光。唐绵绵坐在那儿东张西望，精神得跟修行了八千年的妖怪顿悟似的，灵台一片空明清澈。老师点完名后，开始说让唐绵绵不知所云的天书。

有一丝阳光透过没拉严的窗帘照进来，唐绵绵精力旺盛却无所事事，只好傻坐在那里数阳光里的小浮尘。估计周围的人包括蓝一纯这小妮子全都去过天上，所以听得懂老师的话。一个个聚精会神得像在原始森林里寻宝，更显得她唐绵绵无比堕落，对不起国家对不起一日三餐还有爹娘。当"人民公敌"的感觉实在不好，唐绵绵慢慢觉得如坐针毡。

在座位上猴子一样，左摇右晃十八遍后，唐绵绵决定逃离这最大限度激起自我罪恶感的地方。

她像个侦探一样，表面若无其事，暗地里风生水起偷偷观察地形。她坐倒数第二排，身后有一排桌子靠后门但没人坐，而且后门的锁没锁死。

嘿嘿，天助我也。唐绵绵贼笑两声开始行动。

趁老师转身写板书的当儿，她飞快地伸手把后门开一条缝，然后转回来装做若无其事认真听讲。

老师再一次板书时，她顺手把书包从门缝轻轻扔了出去。啪嗒一声，书包稳稳着陆，就是动静大了些。

老师回头，充满杀伤力的眼睛一点不含糊地朝唐绵绵直射过来。她赶紧拉过旁边同学的笔记本，然后仰头

低头，装做很认真地照黑板上的东西做笔记。老师疑惑，但终究没发现什么证据，只好接着写板书。

然后，唐绵绵就把椅子往后移，以迅雷不及掩耳之势把头和身子缩到课桌下面，停顿，确认黑板还在吱吱呀呀。

然后，慢慢挪动椅子，爬过桌子，钻出门缝。

嘿嘿，天才就是天才！别的不行，逃课还不轻车熟路的?！看看吧，胜利大逃亡了不是?！真是一个愉快的早上。

唐绵绵想着，欢喜得像小老鼠偷到油，正准备起身寻找书包跑掉，却发现眼前有一双耐克鞋。顺着耐克鞋往上看，深色工装裤，黑色休闲衫，然后是一张让她做噩梦的脸。

彼男！

天哪！

唐绵绵暗暗叫苦不已，真恨不得地板突然断裂，让她掉到楼下，然后她肯定一秒钟就消失在这座楼里。而且保证金盆洗手，一辈子不再干这等糗事！

彼男抱着唐绵绵的书包蹲下来，一脸的挑衅，"好久不见了，棉花糖。"

好汉不吃眼前亏啊，这个唐绵绵懂。所以，她讨好地说："是，是，你还好吧?"

他笑，"我不是太好，腿被你踢青了一大块，现在还疼呢。我看你倒是挺好的。"

唐绵绵赶忙谦虚地说："哪里哪里，一般啦。"

"是吗？"他笑意越来越深，一脸的小人得志。接着说了一句让唐绵绵魂飞魄散的话："我会让你更一般的。"

"你想怎样？"情急之下，唐绵绵不知不觉提高声音。

"你就喊吧，这样就不用我来告诉你的老师了。"他满不在乎地说。

唐绵绵顿时软了。她不会没事拿自个儿硬往枪口上撞，只好央求他："你说吧，你要我怎样？"

"你要请我吃饭。"他毫不含糊。

"咳，还以为要我的人头嘞。请你吃饭，那还不容易？！"

发现自己膝盖都疼了，唐绵绵赶紧爬起来。伸手问他要书包，"给我吧，我请你吃饭去。"

他不给，要挟说："我来挑地方，点菜。"

唐绵绵不屑一顾，特爽快地说："行，没问题，拿来吧。"

他抱得更紧了，"你不付钱跑了怎么办？先押我这儿。"

你以为我棉花糖是跟你一样的小人吗?! 太小看我了吧! 唐绵绵一脸的不在乎跟他雄赳赳气昂昂地走出教学楼。

可十分钟以后,唐绵绵就开始后悔。彼男带她去学校最好的餐厅,除了偶尔逮着哪位"倒霉蛋"宰一顿时来过这里外,唐绵绵平时还真是不敢问津。妈妈的,真拿她唐绵绵当"冤大头"啊! 但书包在他手里,而这儿没有可以供她表演"百米冲刺"的地形条件,只得硬着头皮上。

他呼啦呼啦点了一桌子菜,唐绵绵就看着柜台小姐拿她的卡"哗哗"刷,那叫一个爽! 天,心里像被人拿刀砍一样,噌噌地鲜血直流。爹娘的血汗钱啊,更重要的是她唐绵绵的心血啊——从精打细算的老妈那里磨这点钱来,我容易吗我? 他就那么眼睛不眨一下地挥霍了!

他一个人在那儿吃得风卷残云的。唐绵绵馋得直流口水,却一点没心情吃——只顾在那捂心头被刀砍的伤口了!

"嗨!"唐绵绵喊他。

他停下吃,看她,"干吗,要我做自我介绍、想认识我啊?"

"臭美!"唐绵绵毫不吝啬地奖励他一双大白眼,

"想认识你?! 我跑还来不及!说点正经的。"

"好好,我洗耳恭听。"

"是不是我请你吃了这顿饭就算恩怨一笔勾销了?"

他歪着脑袋想了想说:"不一定,要我高兴了才算。"

"那你怎么才高兴?"

"还没想好。"

他低下头继续吃,唐绵绵只能干瞪眼。

他慢条斯理地越吃越高兴。唐绵绵却沉不住气,她害怕彼男发现她曾与松子联手对付他,会打击报复,她害怕他会强迫她对付松子,而且怕看他吃得太高兴,她心里的伤口愈演愈烈鲜血狂喷,唐绵绵会死无葬身之地!

唐绵绵催他说:"大哥,你快吃啊,吃完我还要走呢。"

他不着急地表示:"你干吗去?又不上课。"

"去哪里也比在这儿强!"

"嗯?什么意思?"

"意思是我不喜欢在这里。"

"嗯?奇怪。这里的环境还可以啊,你为什么不喜欢?"

"我不是不喜欢这里,而是不喜欢这里的人。"

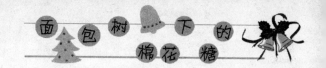

他想了一下，不在乎地笑，"你那么讨厌我啊?"

唐绵绵点点头说:"是啊，看见你我就会倒霉，像做噩梦。"

反正，唐绵绵决定豁出去了，管他呢?! 饭我都请了，心血也流了，他还能拿我怎么样?

他却一点不生气，用餐巾抹了抹嘴巴说:"走吧。"

"嗯?"唐绵绵愣了一下，不明白他在说什么。

"走吧，现在我吃饱了心情好，决定放过你。你要再不赶快走，我后悔了你就来不及了。"

天哪，听听，他要放过我。唐绵绵掐了一下手心，没感觉，她急了，怕自己在做梦，或是听错了。所以就用力又掐了一下，很疼，还好，不是在做梦! 嘿嘿。

唐绵绵一把抓住过书包，确认道:"你真的放我走?"

他微笑点头。

唐绵绵起身就跑，跑了几步又不放心。回头告诫他:"我有男朋友的，你别再找我麻烦啦，否则他会整得你很惨!"

"好的。"他点头，笑意更深。

天知道他会不会反悔! 没有了宿舍的绝佳地形作保障，他抓我还不是老鹰抓小鸡——易如反掌? 唐绵绵这样想着，脚底板不挨地、头也不回地一溜烟跑掉。

　　天啊！就这样天天跑法，唐绵绵的体育达标成绩及格岂非指日可待?！老天爷，我宁愿体育永远不及格！你饶了我吧！

　　唐绵绵躺在蓝一纯洁白的床单上，气喘吁吁地想。

第五章 QQ 上的"哈巴狗"

1

唐绵绵知道很多人对网上聊天这事嗤之以鼻甚至深恶痛绝——那是正经人干的事吗?!

嘿嘿,她不管。如果你觉得这事是正经人干的,她就是正经人;如果你说不是,那她就不正经好了。反正,唐绵绵就喜欢在网上聊天。

原因?

还用问吗? 试问一下,如果你吃了上顿没下顿,钱袋正闹"饥荒",你会泡在网上聊天吗? 如果你日理万机忙得焦头烂额脚底板不挨地"手机呼机商务通一个不能少",你会待在网上二十四小时不下来吗? 如果你有钱有闲还有大堆"粉红色"的烦恼让你"望穿秋水"、"人比黄花瘦"，你还会对着冰冷的电脑屏幕又哭又笑智商低于六十吗？当然不会！那不就结了，明白了吧，唐绵绵就是吃饱了没事做——撑的！

为什么没事做？这个问题好回答又难回答。其实，唐绵绵可以上自习室图书馆好好学习读书，可惜，她妈就没把她生成一个又红又专奋发图强的好学生，所以拉倒。唐绵绵也可以去兼职、打工、实习、社会实践什么的，丰富见识增肥钱包，但是她妈说了，唐绵绵要是哪天不靠着她生活了，她会高兴死的，唐绵绵是孝女，哪儿能因自力更生让老妈出什么意外啊，所以作罢。唐绵绵还可以找个男朋友什么的没事黏在一块儿相互喂喂饭手拉手上上自习散散步什么的，但世界上只有一个松子，还跟了佳宁，她又没有抢东西的习惯。而且，强扭的瓜不甜啊！所以单身！

其实，说到底，最后一句才是关键。

蓝一纯一天二十四小时有十六个小时跟苏扬黏在一起，剩下的八个小时用来睡觉。唐绵绵怎么好意思硬要她陪自己？"棒打鸳鸯"是要遭天谴的。难道，要唐绵绵去做电灯泡？得了，唐绵绵自备刀具，你把她给砍了

吧。

松子？就别提他了，自从遭遇了彼男，唐绵绵身心都遭受了巨大的伤害。本来想找松子诉诉苦卖卖乖顺便捞点便宜蹭顿饭什么的，看我，危机状况下都没出卖他，我容易吗我？结果，唐绵绵照他画的"地图"费尽九牛二虎之力，找到他们学校。不顾松子两眼泪汪汪，呼啦啦叫了满桌子菜，迫不及待地大快朵颐。正准备"声泪俱下"控诉血泪史讲他个滔滔不绝唾沫星子让太平洋涨水时，松子接到佳宁的"急救"电话，撂下，就火烧着屁股一样屁颠儿屁颠儿跑了。

唐绵绵只好一个人恶狠狠地把面前的大盘小盘的美味吃了个片甲不留。

尽管松子一个劲儿地打电话道歉，嘱咐她自个儿回去小心并答应下星期天陪她去海洋馆。可是已经晚了！"幼小脆弱"的心灵已经受到了严重的伤害！怎么弥补也不能再温暖唐绵绵冰凉的心。她算是看透了，这帮人全是重色轻友，没良心！

寂寞的人啊，寻寻觅觅，最终找到了心灵栖息的港湾——就是那张看不见的网。

唐绵绵最喜欢的王菲唱：

静静地按下电源开关，

荧幕的色彩越来越亮，

在虚拟的世界找一个，

让心灵休息的地方。

塑胶的键盘滴答发响，

机器的声音温柔呼唤，

抛弃了不完美的肉身，

跃出了现实的天窗。

高速的连线传送思想，

跳跃的文字透露愿望，

安慰的话比亲密拥抱，

仿佛更真实的触感。

张开透明翅膀朝着月亮飞翔，

搜寻最美一个现实的天堂。

越过世界尽头，

跟随我的预感，

乘着幻想的风，

散落无数光芒。

　　多美的境界啊！多好的去处啊！从此她唐绵绵不用担心自己唱"单身情歌"，不担心自己"形单影只"。她那台"联想"像一个大大的窗口，把一个五彩斑斓热热闹闹的世界展现在唐绵绵面前跟她亲密接触。她流

连忘返啊，欲罢不能啊，她不管蓝一纯怎么敲着她的脑袋骂她堕落啊。

当然有很多收获。

那句最经典的话怎么说来着，对了，"在网上没有人知道你是一条狗"。唐绵绵自然不是狗，但也可以在聊天室变换身份啊！她就曾经冒充"忧郁王子"骗取了一个十五岁小姑娘的大把眼泪和一罐幸运星；还曾冒充四十岁大妈跟一更年期妇女讨论如何跟儿子沟通；更有甚者，跟一个七十多岁的老爷爷瞎侃，最后竟扯到了如何保护假牙上了。你看，多增长知识啊！想象不到的丰富和充实！

当然，唐绵绵也见过网友。

是"青春风铃"里认识的一个为情所困的小姑娘，因唐绵绵那时喜欢在聊天室里面充当"知心姐姐"。那位女孩子发现自己被骗之后，大有撞墙的欲望。唐绵绵劝她，头破血流是不必的，假如她还学不会警惕，倒是有可能因此练会了铁头功。她对唐绵绵崇拜得五体投地的，非要请唐绵绵吃饭。她们约好在市里最大的书店门口见面。

唐绵绵在书店门口踱正步，从左边到右边是七步，从右边到左边也是七步……见鬼了？已经过了约定时间十分钟了，迟到也该有个信吧。唐绵绵想着自己肯定被耍了。

背后有人"吭哧吭哧"地忍笑，"你是在等'烟雨江南'吗？"

唐绵绵点头。

"嘻嘻，就是我了！"

她觉得声音可疑，平着看过去，居然只看到对方宽阔的胸膛！哇噻！是个身高一米八五满脸胡子的"小姑娘"哦！吓得唐绵绵虚踢一脚，回过身跑得比中箭的兔子还要快，就听见那位在后面叫："别生气，别生气，谁让你那么喜欢'排忧解难'的？"

经过这一番惊魂动魄之后，唐绵绵下定了决心再不与任何网友见面。她开始相信"网络无美女，网络无善男"。要见到好人，肯定得"瞎猫撞到死老鼠"，但是在唐绵绵看来，她这等"倒霉蛋"想遇见好人，似乎只有等着老鼠诈尸去主动撞猫……

唐绵绵得承认，这事是她上网生涯中一个不可告人的污点。尽管人生出现了暂时低潮，但是她坚决吸取教训，记住从哪儿跌倒的就从哪儿爬起来……所以，三五七八天后，唐绵绵虽然尚且不是金刚不坏之身，至少也是多少锥子也弄不出血来的那种皮厚的霸王龙。

3

玩了一大圈之后，唐绵绵还是回到了 QQ 上。

YAZI。按其拼音应有 N 多个汉字组合，但在这里，它只是最简单的意思——鸭子。没什么来头，只因为第一次上网时，耳边反复响着苏慧伦的那首伤心而又无奈的《鸭子》：

  ……要自己像只骄傲的鸭子，不要爱的鸭子

  ……寂寞的鸭子，也可以不要你……

就顺手拿来当做了网名。有人问起，唐绵绵要么哼哼哈哈搪塞过去，要么说是"丫子""雅紫"等等，一般情况下她是不会承认它是"鸭子"的，因为实际的鸭子实在不好看，而且它很容易让人想到某种不光彩的职业。

唐绵绵的说明档里写：

  看起书来——没够

  唱起歌来——没救

  运动细胞——没有

  出门逛街——迷路

除了自己——什么都丢

学期总评——

嘿！优秀！！

唐绵绵得承认，除了最后一句是为了凑音节以外，其余的基本属实。她想，大概不会有人对这么糊涂的女孩子有兴趣，如果有，那么一定是个不怕死的"亡命徒"，她唐绵绵可一点都不会有良心负担的。

太喜欢 QQ 上的聊天室了，不仅可以使用各种颜色漂亮的字体，而且可以使用各种表情和动作。

那天，唐绵绵在"北大"聊天室里见到一个叫"不帅不要钱"的家伙，便恶作剧式地跟他进行如下对话：

"不帅不要钱"对你微微一笑：你好。

YAZI 对"不帅不要钱"横眉怒对：你好。

"不帅不要钱"紧紧握住你的手：很高兴认识你。

YAZI 狠狠掴了"不帅不要钱"一耳光：我也是。

"不帅不要钱"紧紧抱住你：那好呀，那我打电话给你？

（好奇怪的人，哪有三句话说不到就给人打电话

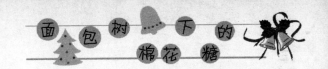

的，不怀好意！）

　　YAZI 朝"不帅不要钱"脑袋狠狠踢了一脚：你要打电话给我？有必要吗？说不定我是男生或是老太婆呢！

　　"不帅不要钱"紧紧抱住你：老太婆也是人呀！也需要跟人聊天呀！你别误会，我并没有别的意思，我只是想找人聊聊。

　　（他决不认为我是男生，唐绵绵想。他纠缠下去，唐绵绵又想，这样挺好玩。第三个念头冒出来。）

　　YAZI 红着脸对"不帅不要钱"说：对不起，我是个男孩，还是个"同志"。你对我有兴趣吗？

　　"不帅不要钱"连连后退对你说：那还是算了吧。

　　"不帅不要钱"仓皇而逃。

　　唐绵绵本来在电脑屏幕前笑得人仰马翻的，找不到对手便意兴阑珊了。

　　她有些犯困想下线，有人过来打招呼。

　　意识模糊中，唐绵绵突然丧失斗志。出于礼貌，跟他胡乱聊了一会儿。用简单得不能再简单的词回答他每一句问话，有时干脆就一句傻得冒烟的"呵呵"。

　　根据这么久上网积累的丰富经验，她相信，在网络上混的人对白痴是没有多少忍耐力的，等他攀上一能说会道会撒娇装纯情的美眉后，她唐绵绵就抽身而退。

可对方并没有妥协的意思。在第二十个几乎是哭着打上去的"呵呵"后，唐绵绵实在无心以昂贵的电话费网费加更为昂贵的耐心为代价打一场对自己毫无意义的持久战，便"几欲先走"。

当然，那个叫"陪你数猩猩"的所谓网友就以一只耷拉耳朵的哈巴狗头像的形式堂而皇之地占据了她QQ上的一席之地。

她也从不把他当回事儿。

直到有 天，凌晨四点钟，聊天室冷冷清清，好友栏里那些可爱的头像全都熄了灯，唐绵绵才看见那个不断晃动的、睁着无辜眼睛的哈巴狗头。

先看看他的说明档：家穷人丑，一米四九。小学文化，农村户口。破屋三间，薄田一亩。冷锅热灶，老婆没有。一年四季，药不离口。今日上网广征女友，人生路上，并肩携手。

嘿嘿，好玩是好玩，早过时了。但下雨天打孩子——闲着也是闲着，今天就是他了！

：："你好！还没睡？"唐绵绵在键盘上敲这些字时尽量让自己真诚。

🐶: "是呀！在等你！:)" 遇着对手了！

🐧: "好感动耶！"唐绵绵让自己做可爱的无知少女状，只是苦了可怜的胃——差点吐！

🐶: "不客气不客气，应该的。"白拣我便宜啊?！凭什么应该啊，照唐绵绵平时的作风肯定唇枪舌剑一番撕杀了。但是，今天不同啊，孤家寡人一个，吓跑了他，她又得一个人去"灌水"玩了。"灌水"没什么不好，问题是因为曾整天口无遮拦地胡言乱语，她现在已经是"过街老鼠，人人喊打"了！YAZI还想在网络上多活几天。

🐧: "你的说明档很有文采啊……"恭维一下，转移话题。

🐶: "你的也很有特色啊，一派的DD手笔……"

🐧: "DD?"

🐶: "就是弟弟啊……"

🐧: "我是女孩子呀!!"

🐶: "咦，你真的是女孩子吗?"呸呸呸，唐绵绵在这边气得快断气了。

🐧: "如假包换的女孩子！……你真的是男孩子吗?"报复一下。

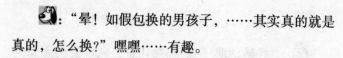：“晕！如假包换的男孩子，……其实真的就是真的，怎么换？”嘿嘿……有趣。

：“你念大学？”

：“假一罚十。”

：“哪一级？”

：“二○○一级的呀……”

：“OK……叫姐吧，比你大！小DD……”先叫他一声把便宜占足再说。

：“嘿嘿，你知道么？……我不是大本生……我是研究生……”

晕！这次可真是糗到了家！

：“呵呵……”

：“呵呵……没关系，浪子守则第一条：美眉永远是对的。”

：“第二条是不是：如果美眉不对，参看第一条？”

：“咦？你也知道？”她当然知道，这笑话比她奶奶大两岁。

：“你平时最喜欢干什么？”

："睡觉……"

："和你握手。大猩猩……同志啊，我可找到你了！"

唐绵绵平时最喜欢睡懒觉。老妈常说：早起的鸟儿有食吃，那如果唐绵绵早起了，那些早起的虫儿怎么办？让唐绵绵做一条晚起的虫儿吧，一只……懒虫……"懒虫"的功力惊天地泣鬼神，前无古人，后无来者，因此被人封为"觉主"——睡觉她老大啊！

："那你肯定睡不过我……"

："不可能！"竟然有人挑战我的权威，不给你点颜色看看，你就当我是病猫啊，好吧，举个小例子让你见识见识老虎的威力。唐绵绵鬼催一样飞速打字，几乎把键盘给砸坏，眉飞色舞绘声绘色添油加醋给他讲她"空中飞粥"砸到彼男的前前后后。当然，在这个故事中，唐绵绵忽略了自己当过逃兵的事实，把自己讲成一个敢睡敢吃敢作敢当，敢为自己的懒勇于承担责任的"女英雄"。

嘿嘿，"大猩猩"大概被她震住了。他很久以后才回信。

："哈哈，我乐得敲不好字，结果从椅子上仰过去，摔得不行，起来接着笑得腮帮子痛。好了，我承认没你狠!"

嘿嘿,不要跟我争胜负!

就这样通过在网上比赛睡懒觉……唐绵绵认识了他,那个叫什么"陪你数猩猩"的"哈巴狗"……

第一次,第二次,唐绵绵很快跟他熟了。

和"哈巴狗"聊天的时候是一种很过瘾的感觉,他油腔滑调,她口吐莲花,棋逢对手,势均力敌。所以,聊天说出的话也就越来越不像话了……

:"喂,你的名字叫 YAZI 是什么意思?"

:"这个嘛,什么意思不重要啊,上网取网名的时候,信手拈来的。"

:"噢。呵呵,我还以为是鸭子!"

:"鸭子没什么不好啊,而且,还可以是牙子、哑子等等,你凭什么那么主观臆断?!"

:"嘿嘿,不好意思,我开始害怕你是男的,还吓了一跳。"

:"嗯?男的怎么啦?我呸!好啊,臭猩猩,你去死!"

:"呵呵,小姐,不要生气,在下赔不是了。"

: "去去，你才是'小姐'！对了，你的名字还不是冒仿《流星花园》，那么没创意！"

: "好了，好了，我们不聊名字的问题了，说点别的吧。"

: "好啊，喂，推荐你看一篇文章，很好看的——《第一次亲密接触》……"唐绵绵看了一眼手边的书跟"猩猩"说。

: "呜呜呜……我对浪漫小说不感兴趣……"

: "嘿嘿……算我对牛弹琴。"

: "嘿嘿，还好不是对牛谈情。"

: "拍，大猩猩。"

: "你是在打我么？"

: "好像是的……"

: "嘻嘻……人家都说……打是疼骂是爱……嘿嘿……"

: "爱得极了拿脚踹，你要不要我踹你？"

: "嘿嘿，还好是在网络。"

: "大猩猩，你身体很结实么？"

: "还可以……你问这个干吗？"

🐧："我在想你这个职位不好当啊，那么多女朋友，每人踹你一脚你就骨折了。"

🐶："嘿嘿……我说过的，我没有女朋友哦。"

🐧："嘻嘻……用我帮忙吗？教你几招……"

🐶："好呀好呀……"

🐧："那……女孩子一年有五大节日……"唐绵绵顺手就把从《第一次亲密接触》上趸来的那点东西都卖了……"她的生日，情人节，圣诞节，三八妇女节，外加新年……"

唐绵绵等了一会儿，屏幕下方出现了一行字……

🐶："你的生日是哪天？"

🐧："呸！你要练习也不要找我，我刚告诉了你，多少还有点警惕性，再说，你不怕我告诉你个假的？"

🐶："假的我也帮你过，你就只有更感动地说……嘿嘿……"

嘿嘿……师傅真是不能随便当的！

要是别人，两个人肯定开始默契地双双坠入情网了，呵呵……对不起，两条懒虫默契地双双不肯坠入。事实上，他们至今还不知道对方的年龄、性别、身高、体重、婚姻状况、居住何方妖怪洞。

　　并非唐绵绵怀疑网上爱情的可能性，不！从理论上说，教兔子抽烟都是有可能的。只是，经过上次"网友见面"风波，她深刻体会到网上看到的只能是代表了充分的感情色彩的方块字，一个对你很苍凉地说着"你不懂"的人，可能正对着屏幕挤他的青春痘；而一个给你发信说你是他所见到的最善解人意的女孩子的人，说不定把这封老少咸宜的信拷贝了十封，不偏不倚地寄给了十位从八岁到八十的女性。

　　两个把睡觉作为"最喜欢干的事"的人，不用说，她懒，他也懒。两个懒虫凑合在一块儿，连对方最起码的资料都懒得去打听，不一般的默契，真是势均力敌。她在电脑这边笑得肚子疼，他那边只能看到"呵呵"。他在那边给她气得七窍生烟，她也只能想象他"呜呜呜……"的声音表现的"空气火险指数"增加，面孔都是模糊的。

　　在这种情况下能产生触电的感觉？嘿嘿……除非这破机子短路。

　　唐绵绵曾经最喜欢《第一次亲密接触》里阿泰的一句话：就让上帝归上帝，恺撒归恺撒，网络归网络，现实归现实……好！说得好！！

　　而且想都不用想，网络中的他怎么能跟现实中的松子比！

他没有爱上她，很好，她也不爱他，看看打了个平手，聊天的时候却会拿这个开玩笑。

：“喂，你们班女生漂亮吗？”

：“嗯，没注意过，我对女孩子的评价不是用漂亮来划分的……”

：“哦？那么请教一下你用什么来划分？”

：“嗯……喜欢和爱。”

：“你不会吧？！你是说，对女孩子你不是喜欢就是爱？！”

：“不是啦！我看到一个女孩子先想，我喜欢她吗，然后再是，我爱她吗？”

：“懂了，一共是四个等级……你那么个性，一直到现在都没女朋友，真是丢尽脸面！”

：“呜呜……可是还有人说我是网上的采花大盗，真是委屈啊！”

：“嘻嘻……群众的眼睛是雪亮的……猩猩，你帮我个忙好吗？”

：“嗯？”

：“告诉我你不喜欢我。”

：“我只能说我到目前为止还没爱上你。”

：“劳驾，我还是再后退一点比较安全。”

：“呵呵……其实你很好啊，我很喜欢 YAZI。”

：“嗯……多谢你喽……喜欢！呵呵……我下线了。”

：“你不会吧！你这一步也退的太远了！”

：“呵呵……不是为这个，今天我有事啊，来日再向虎山行。”

：“嘻嘻……我的绰号是虎山啊，什么事？”

：“我还没吃饭呢！今天朋友请客。”

：“呵呵……我作陪，好不好？”

：“好呀，今晚我们吃虎肉羹……”

……

5

　　其实，唐绵绵跟“哈巴狗”的对话，也不是完全毫无意义地瞎胡扯。唐绵绵心情不好时，网上遇到“哈巴狗”，他就会逗闷子讲笑话。

　　比如有一天正跟“哈巴狗”唠叨图书馆阿姨很差劲啊，不是她唐绵绵弄坏的书还罚她钱，让她写检讨，害她丢人又丢财的，郁闷死了。

：“你喜欢什么颜色？”他突然问道。

唐绵绵不知道他为什么忽然对她的“八卦”感兴趣，就胡乱答。

：“白色。”

：“喜欢什么花？”

：“死不了。”

：“喜欢什么东西（吃的）？”

：“榴莲，哈哈。”

：“口头禅是什么？”

：“你这头猪。对不起，是口头禅。”

过了一会儿，“哈巴狗”发给唐绵绵。

：“你结婚的那天，穿白色婚纱，左手拿着一把死不了，右手举着一只臭榴莲，牧师问你：小姐你愿意嫁给这位先生吗？你回答：你这头猪。”

结果本来唐绵绵正气得头上冒烟的，像被人当头浇了一盆水，很快降低“火险等级”。

而且，平时有点小挫折小困难的，找他发泄一下也不是不可以。比如最近要考试了，唐绵绵连老师长什么样都没记住，更别说书上的东西了。那还不白白等死；

可唐绵绵不甘心啊，多少大风大浪的，我都过来了，却栽在小小的考试手里。这不是我唐绵绵的作风啊！

唐绵绵找"哈巴狗"哭诉时，他就如此这般地教她几招，然后唐绵绵满意地下线去图书馆找蓝一纯。

"蓝，这次考试全靠你了！"唐绵绵坐在蓝一纯身边尽量显得悲壮。

然后唐绵绵看见蓝一纯的隐形眼镜差点跌下来，还差点跌碎！她花容失色地试探，"什么？你要作弊？"

"不要说那么难听嘛，是请你帮忙。"唐绵绵纠正她。

蓝一纯皮笑肉不笑，"怎么帮法？该不会让我写小纸条吧，我这人从来不会考场作弊，会紧张得手脚冒汗，把纸条扔给监考老师都不一定，你别忘了，学校发现作弊一律二十四小时内退学离校，我在这儿还没玩腻呢？"

唐绵绵见蓝一纯有商量余地，一下子来了精神，"嘿，一切听我安排。"具体说是听"哈巴狗"安排。唐绵绵如此这般地滔滔不绝。

考试时，唐绵绵会抢先在教室占两个位子。唐绵绵坐蓝一纯后排，蓝一纯写完一面试卷，把它放在课桌左面，身子往右面靠，唐绵绵尽量靠左，只要蓝一纯写的字足够大和清晰，唐绵绵就不费吹灰之力"一览众山

"小"，尽收眼底。等唐绵绵写完，以一声咳嗽为信号，蓝一纯再翻另外一面给唐绵绵。就算老师发现也顶多是警告，没有纸条，没有写在手上，他没有证据。

蓝一纯说："不行，我还是害怕，老师一盯我我就哆嗦，双手双脚不听使唤。"

唐绵绵拍着胸膛说："放心，有问题我自己一个人承担。当然，你不会白白付出的，在复习期间，我会照顾你的生活起居，全力创造完美学习环境。完事后，我会请你吃大餐的。"

蓝一纯歪头好好考虑了一下，大概觉得这个条件还可以就答应了。嘿嘿，乐得唐绵绵直喊"蓝一纯万岁，哈巴狗万岁"。蓝一纯瞪唐绵绵，"谁是哈巴狗？"

唐绵绵赶忙作揖，"误会误会！"

尽管蓝一纯竭尽她整人之能事，一会儿让唐绵绵点蜡烛，一会儿点蚊香，一会儿买西瓜消暑，可唐绵绵依旧遵旨办事，不亦乐乎。

结果如"哈巴狗"所预料的，皆大欢喜。

唐绵绵请蓝一纯吃完饭，蓝一纯也许觉得曾经虐待唐绵绵怕她报复，正要脚底抹油溜之大吉以免惨遭毒手。唐绵绵一把抓住她肩膀，说："够兄弟，以后的考试就全靠你了！"

蓝一纯差点没朝飞驰而来的车上撞过去——"你

🐶 ："呵呵……没关系，浪子守则第一条：美眉永远是对的。"

🐧 ："第二条是不是：如果美眉不对，参看第一条?"

🐶 ："咦？你也知道?"当然知道，这笑话比她奶奶大两岁。

🐧 ："你平时最喜欢干什么?"

🐶 ："睡觉……"

🐧 ："和你握手。大猩猩……同志啊，我可找到你了!"

饶了我吧。"

唐绵绵去网上跟"哈巴狗"说谢谢,他说光书面的谢谢管啥用,来点实际的。她傻眼了,怎么个实际法?

他说要唐绵绵写篇感谢信什么的贴到网上去。

🐧:"OK……我呸……呵呵……你不怕写你好,会有一大群女生在后面追?"

🐕:"不怕,她们追急了我就回身大叫一声,你们先问问 YAZI 同不同意!嘿嘿!"

🐧:"同意!谁把他累死了我请客……冲啊!"

🐕:"那你请我好了,只有我可能把自己累死。"

🐧:"呸!你打算吃我一顿好撑死啊?"

🐕:"有理,那顿以前我一定饿上两三天。"

🐧:"你再多饿两三天,就把我那顿也省下了。"

🐕:"我一定掌握尺度!"

🐧:"我们宿舍有个练长跑的,我去求她来追你吧……"

🐕:"呵呵……那我一定原地坐着不跑……"

🐧:"呜呜呜……"

："你别哭啊，要是你追我我肯定向着你跑。"

："呸！……我是心疼我那顿饭！"

就在唐绵绵劈里啪啦眉飞色舞聊得不亦乐乎的当口，宿舍门咣当一声大开。接着一个黑影以迅雷不及掩耳之势出现在她电脑显示器后，从其高大的形状来看，应该是个男生。吓得唐绵绵差点叫出来。

"绵绵！"来人当头棒喝。唐绵绵几乎跌下椅子去。是松子！

他来找唐绵绵，教室图书馆的全不见人影，电话又一直占线，他决定勇闯楼下"大妈关"，直捣黄龙，看看唐绵绵究竟在干吗?!

唐绵绵垂着手低下头，像个犯错误的小学生一样准备迎接暴风雨。等松子骂她不误正业腐化堕落对不起他松子。然后等他骂够了唐绵绵就会告诉他，我不是三岁的小孩儿，我有铜头铁臂，不会上当受骗，所以对得起爹娘还有他松子。除了有点劳民伤财良心不安外，她知道自己在干啥。

没想到松子看见唐绵绵在上网，居然松了一口气。难怪，唐绵绵什么德行他比谁都清楚。只要她没事不掀房顶或放把火玩玩自焚之类，估计他都能接受。

"看你那样，足不出户蓬头垢面的，没个小姑娘

样，将来嫁不出去怎么办？"松子点唐绵绵脑门。

"要你管？"唐绵绵小声咕哝。

"你说什么？"

"哦，呃，没什么，我说你教训的是。"唐绵绵赶紧调动笑神经，争取笑靥如花。保命要紧！

"走吧，我请你吃饭去，又有几天没好好吃东西了？"

"不去，佳宁在吧，我才不当电灯泡！"唐绵绵一点也不领情。

"你这小鬼，整天脑袋瓜里在想什么?! 去不去还由得你啊！"

松子不由分说跟老鹰拎着个倒霉的兔子似的，拎起唐绵绵就走，任她吱哇乱叫地拼命捶他。唐绵绵跌跌撞撞大呼小叫随松子下楼，没有跟"哈巴狗"说再见。

在学校那家最好的餐厅，松子不动筷子，嘴巴像关不住的机关枪一样，"突突突突"跟唐绵绵讲没事上网无可厚非，但要好好学习天天向上，否则"少年不努力，老大徒伤悲"之类——跟天底下的老子教训儿子老师教育学生没有任何区别。唐绵绵从小听到大，一双耳朵早就练成屏蔽功能，任他口若悬河只频频点头做洗耳恭听状，丝毫不妨碍她一个劲地往嘴巴里拼命塞东西——大快朵颐、满嘴流油。

酒足饭饱之后，唐绵绵一句一个"好松子"求松子别告诉她老妈。看到他点头答应后，唐绵绵赶紧溜之大吉。

6

外面的阳光很好，酒足饭饱的感觉就更好了，唐绵绵伸伸懒腰走在校园里，真是"一切都好，只欠烦恼"。走过计算机中心时她突然灵机一动，推门进去。

隐身登录她的QQ，看见"哈巴狗"还亮着灯，摇晃脑袋。唐绵绵没理他。

唐绵绵试着登录松子的QQ，在密码栏里键入他的生日。嘿嘿，唐绵绵得意地笑，就知道傻松子智力一般。这年头，还拿生日作密码！傻到冒烟傻到流油傻到翻泡泡！这不是给我这等喜欢作奸犯科的人制造"犯罪"的机会吗？不管了，由于你的傻造成的过错，我可不会有什么心理负担的！

登录成功！唐绵绵把松子原来的网名"老天创造"改成"青春美少女"，变换头像更改性别。然后，胜券在握地请求"陪我数猩猩"加为好友。嘿嘿，无敌"美少女"。哪个男人不青睐啊，"哈巴狗"今天本姑娘就要用超级X光看看你真面目，不"杀你个片甲不留"我就白活了！唐绵绵在屏幕前乐得合不拢嘴。

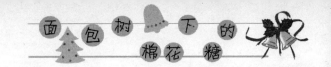

顺利加入好友成功。

唐绵绵奸笑几声开始与"哈巴狗"对话。

：" NIHAO！"天，这台破机子不能使用中文输入。环顾四周，所有的位子上都有人。难道唐绵绵我要放弃？臭"猩猩"，你的运气没有那么好吧？！

嘿嘿，难不倒棉花糖的。唐绵绵拍了拍脑瓜儿，计上心头。

：" hello！Nice to meet you."

：" 我的英文不太好，能否使用中文？"

：" It doesn't matter．I understand Chinese，although I am an American girl."嘿嘿，碧眼金发的洋妞，小心你"哈巴狗"的口水流到键盘上去。嘿嘿，辛苦奋战半年连蒙带混，英语四级没白考。

：" 你好，我的，中国龙的是。幸会，幸会。"好啊，学小日本，跟我卖弄，看我怎么弄死你。

：" Do you have a girl friend？"

：" 对不起，暂时恋人未满。"

：" Really？There are so many pretty girls in China."

：" 我的，喜欢外国妹妹。"嘿嘿，狐狸尾巴露出来了吧。唐绵绵都能想象他垂涎三尺的模样。小子，让你死了都不知道自己怎么死的。

: "Oh, I see. Are there any girls who love you?"

: "没有，我认识的女生，统统凶狠的干活！"

: "Do you have girl friend who is not your lover?"

: "有，那是普通朋友！"

嘿嘿，这猪头一定把我当做洋姐妹了吧，聊得那么起劲，我说嘛，"青春美少女"威力难挡。唐绵绵敲键盘的手更起劲了。

: "Oh, I think I like you very much, can we change our photos?"

: "没有问题的干活。"

唐绵绵恶狠狠地想：一旦我拿到你这猪头的照片，我把你的汉奸行径在网上公布于众，叫你死无葬身之地。她迅速下载了一张美国甜姐梅格·瑞恩的照片发了过去。两分钟以后，她也收到了"哈巴狗"的照片，是她最喜欢的布拉德·彼特！

唐绵绵差点吐血。他倒知道"老乡见老乡，两眼泪汪汪"，投我所好。真是低估了他道行！不过，棋逢

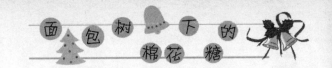

对手，势均力敌。愈挫愈勇本来就是唐绵绵为数不多的优点之一，卷土重来的事她从来不怕干。

先矜持一下再说。

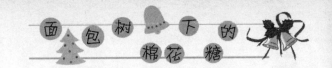："Thank you very much. You are so handsome that I think I like you very much."

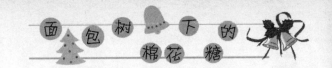："嘿嘿，棉花糖，你就别装洋鬼子了！还'青春美少女'呢?!""哈巴狗"毫不客气。

唐绵绵像见着了鬼一样眼前一黑，心里想完了！但还是故作镇静，战战兢兢地回复：

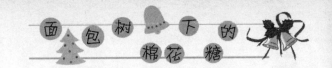："But I don't understand what you said."

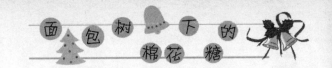："我的话，你不懂？你转过头来，看看倒数第二排，那个气度非凡玉树临风貌似潘安的美少年是谁？"

唐绵绵浑身起鸡皮疙瘩，哆哆嗦嗦转过身去，就看见了一张熟悉的得意洋洋的脸冲她贼兮兮地笑。是彼男！那个阴魂不散叫她做噩梦的彼男！

唐绵绵大叫一声，顾不上下线狂奔出去。

老天爷，唐绵绵举双手加双脚向你起誓：不到万不得已，我要再上网，就烂我手指头！

第六章　惆怅的春天

1

连柜子里的蟑螂都是一对，唐绵绵却没有男朋友。虽然许多人不相信，但这是事实。以前没有，现在没有，将来……将来的事谁知道呢？

唐绵绵有时也会傻傻地想，在一个阳光灿烂的日子里，有一个酷似松子的大男孩儿来到面前，聪明地说一些笨笨的话，那么……那么——"我的世界从此多了一个你，每天就像一出戏"——就像羽·泉的《彩虹》。

但是，唐绵绵只是想想，从来都不说，也不做，因为她知道世界上没有第二个松子。除非她回到娘肚子里

重新再长一回，还要劝妈妈搬个家。

虽然唐绵绵长相平庸，最多算个端正——端正这个词是很模糊的，其含义只能代表她没长三只眼睛，想让诗人形容一下都很难。其实，想在人群中认出唐绵绵一点也不难，因为唐绵绵常在别人笑得很疯狂时，面无表情；在别人都沉默时，狂笑不已。唐绵绵当然很正常，思维完全清晰，之所以有异人之处，道理很简单了。前者是唐绵绵在讲笑话，大家都知道，说相声的人从来不笑，听相声的人才笑；后者是唐绵绵在恶作剧，在众人皆醉我独醒时，也只能一个人偷着乐了！

松子有时会说唐绵绵铜牙铁齿，不懂故作温柔，一定没人要。唐绵绵虽然嘴上硬，心里却酸酸的，是啊，他都不要她，谁还敢要。再看周围朋友，比如蓝一纯之类的，一个个小鸟依人，成双成对，真是羡慕不已。但是，唐绵绵改不了这跟了自己十几二十年的臭脾气，只好相信有一天会遇上除松子之外懂她的人。

唐绵绵一个朋友是学统计的，深知拳不离手、曲不离口的重要性，闲暇时爱用统计方法对生活琐事归类分析。唐绵绵请他帮忙分析一下"棉花糖为什么没有男朋友？"答案是这样的：

第一步，假设唐绵绵就读的幼儿园、小学、初中、高中、大学每班各50人，男女比例1：1，则共认识男生125人。此外，通过实习、聚会、旅行等途径，认识相当年龄男生若干，故设修正系数为0.20，由此，共认识男生约"125×（1+0.20）=150"人。经抽样检验，在误差范围内，通过检验。

第二步，引入因数A，唐绵绵不温柔，排除大男子主义者70人。

第三步，引入因数B，唐绵绵疯疯癫癫，排除爱深沉、喜低调的男生35人。

第四步，引入因数C，唐绵绵勤于思考、不漂亮，排除只要花瓶的男生10人。

第五步，引入因数D，唐绵绵略有小聪明，恶作剧不断，排除不够自信者25人。

第六步，综上所述，尚余10人（包括松子）。可惜，均为名花有主，唐绵绵受道德约束，不敢有横刀夺爱的非分之想。

其实，什么一二三四的，唐绵绵一点看不懂。她只知道说了这么多没用，最重要的是她没有男朋友，而且找到的几率很小。这个发现让唐绵绵在这个春天里无比沮丧。

并非唐绵绵对现实不满意非要找男朋友，而是夜深人静的时候，她心里有点痛，隐隐的。是关于松子。唐绵绵想：她其实蛮不划算的。过去跟松子相处的那么多

时间里，她顶多得了点小恩小惠，没事欺负欺负他玩玩而已。而他却拿走了她追求幸福的心情，让她在这个容易发生爱情的四月显得无所事事。看样子，古人不欺她，"害人之心不可有"。

蓝一纯陪苏扬去外地参加大学生辩论会。唐绵绵早已不上网，只好整天一个人背着书包去图书馆看闲书。

那个有着挺拔身材，穿白色T恤，蓝牛仔裤，背大大的黑色双肩包的高个子男孩，已经第五次在与她隔一张桌子的对面坐下吃饭，当她吃完饭站起身，他也一定随之起身。两个人一前一后将饭盒交到"收拾处"，一前一后走出餐厅，一前一后走在操场边的林阴道上，然后，他会在琴房门口的路口转弯，大概是去一号楼上自习，而唐绵绵继续朝前去图书馆。

会不会发生点什么呢，唐绵绵想。

书上说巨蟹座的人在四月会有桃花运。心理测试还说唐绵绵的理想伴侣是个高个子男生。该不会是……嘿嘿，别误会，唐绵绵并非喜欢他，她对松子的感情是坚贞不渝的。只是日子太过平淡了，需要调剂，哪怕是……"桃花劫"……

第六次，当背后那被唐绵绵温习无数次熟悉得快被融入呼吸的脚步声又响起，唐绵绵的心里像揣了一只小兔子，突突乱蹦，摁都摁不住。

"棉花糖！"有人在背后救命又要命地大喊唐绵绵的名字，她知道是同屋的冰儿来了。回头却迎上高个子的目光，唐绵绵的脸刷的一下红了，天哪，真丢人。望着他擦肩而去的背影，唐绵绵急得直想跺脚，全然没听见气喘吁吁赶来的冰儿喋喋不休说些什么。不过，嘿嘿，唐绵绵看见了他的眼睛，很好看的形状，还有，那目光有一点深沉，是她不讨厌的类型……

第七次，身后的脚步声不再有节奏地紧跟，而是越来越近。不会错，唐绵绵坚信。因为那让她几天来一直在猜测的脚步声此刻有点乱，而且急切了不少。也许，也许，也许他会赶上来跟我说些什么——唐绵绵想着，脸刷的一下红到了耳根，心"嘭嘭"地跳着，脚步有些凌乱，额头渗出密密的细汗。

快了，快了，他已经在唐绵绵身后一厘米，并行，擦身，唐绵绵几乎低下头去，直到他走出离她十厘米的地方，唐绵绵几乎无法呼吸。

他扭头，对唐绵绵笑了笑，温暖干净的笑容，世界突然变得明净。在唐绵绵还来不及调整表情的一刹那，他已经离去，挺拔的背影，阳光透过树叶的缝隙在他的背上一跳一跳……

他没有走到琴房的路口就转弯，走到网络教室前，推门，进去。

唐绵绵就那样傻啦，不知所措了。世界好像一下子乱了方向，她不知道该往哪儿去。一个人站在正午的阳光下傻愣了好一阵，然后用力敲了敲脑袋决定：回宿舍，上网！

飞奔上楼开机，插电话线，拨号，平时那么刺耳的连接时的叫嚣声，此刻听起来竟有些悦耳。她摇头晃脑地用自己编的调子哼哼："当咱老百姓啊，今儿真高兴，当咱老百姓啊，今儿真高兴。"

叫嚣声终于过去了，电脑却提示：重拨。她有些气急败坏，一次一次摁下"重拨。"叫嚣声不再悦耳，开始像平时一样难听，而且没有丝毫上线的意思。

失望之余唐绵绵正准备放弃，静坐在椅子里。终于听见那个并不好听的女中音一直在提醒：余额不足！电话卡没钱了！她刚才有点兴奋居然没听见。这才知道，自己刚刚的样子叫得意忘形！但唐绵绵还是要上网。

虽然唐绵绵曾发誓"不到万不得已，上网会烂掉手指"。但，现在是逼不得已啊，老天原谅我吧。唐绵绵对着电脑作了个揖。

飞奔下楼，空瘪的钱包向她证实：这是最后五十块生活费，离月底还有整整十天时间。上星期买裙子超出了预算，本想勒勒肚子熬过去，可是现在……算了算了，不管了，谁让本小姐今天心情好，想上网呢。于是唐绵绵掏出那张由于珍惜而崭新的纸币潇洒地拍在柜台玻璃上，"老板，买张电话卡。"颇有当年孔乙己老先生排铜板买茴香豆的风范。

更改卡号，这次顺利登录成功。

打开 QQ，消息提示的小喇叭一闪一闪，有加好友的请求：交个朋友好吗？认识我会让你幸福的。唐绵绵看一下发送时间：03－6－20 号12:25。我不在线上，他怎么会知道我的 QQ 号码，而且许诺会让我幸福？唐绵绵疑惑。

等等，她看了一下屏幕右下角的时钟。12:55。三十分钟前，唐绵绵在操场边的林阴道上傻愣，看着高个子走进网络教室……

该不会是……嗯，就是他啦！

唐绵绵为自己的这个发现兴奋不已，天才就是天才，唐绵绵从来不怀疑自己的智力。嘿嘿，骨子里的邪恶势力开始作祟，唐绵绵打算捉弄他一下。

摁下"加为好友"，发送请求：真的想知道幸福的味道，希望不会失望而归。

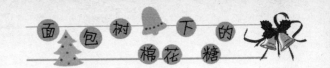

嘿嘿，一个不知道幸福的女孩儿，想着就叫人心疼。她几乎想抱抱那个不存在的自己。而事实上，她用力地抱了抱实际的自己，恨不得亲自己一下，为自己的天才被进一步挖掘的聪明才智。

"你好。"他发来第一条信息。

"嗯，你好。"唐绵绵的手指飞快地在键盘上跳舞。

"不好意思，冒昧加你为好友，希望不会打扰到你。"文质彬彬的语气，像他的外表。

"嗯，没关系，很高兴认识你。"唐绵绵也淑女了一回。

电脑突然死机！凭她摁烂 ALT + CTRL + DELETE，没用！只好摁"重启"。刚刚启动，又死！天，继续重启！

好不容易上了！

他的头像变成了灰的，怎么搞的，等不及走了？唐绵绵失落地跌坐在椅子上。

"嘀嘀"，他的头像又亮了，晃动着。唐绵绵一骨碌爬起来，点了一下。

"对不起，我刚刚换了一台机子，一直没发信息给你。:P"他说。

天哪，我掉线的同时他换机子，太不可思议了吧。唐绵绵的嘴巴张得可以吞下一整个"可爱多"。如果蓝一纯在吃冰淇淋，看见此刻的唐绵绵，一定会逃得远远的。平时唐绵绵很淑女地在她的宝贝"可爱多"上啃一小下，她都心疼得大叫。

：："真巧，我也掉线了，刚刚上。"

：："哈哈，这就是缘分。"怎么说出了自己的心里话？唐绵绵怪自己。

：："介绍一下自己吧。"他提议。

：："好呀，不过，男士优先。"哼，一会儿你就原形毕露了。

：："男生，外语系，大三。"那么简单。

：："女生，身高一米六四，体重四十七公斤，长发。"唐绵绵飞快地回应，其实是想让他确认一下自己。而且，礼尚往来，他也应该告诉她他的身高什么的。因为唐绵绵一直疑惑：他怎么那么高，一米八都不止。

：："嗯，很高兴认识你。"他淡淡的语气。唐绵绵又不能死乞白赖地问："你多高?"那么没水平的问题，太损淑女形象了。气得唐绵绵——不过，嘿嘿，看

等回过神来，唐绵绵才发现自己已经成了大家目光的焦点。男生看见她都若有所思，大概是在考虑是不是该跟女朋友浪漫一下。走过身边的小女生一片唏嘘，走很远了还羡慕地回头看。天，听说有人为别人做嫁衣裳的，还没见过替别人的"桃花运"接受羡慕的。唐绵绵一个无名小辈怎么承受得了这么高的注目率。众矢之的啊！

你藏得了多久！

唐绵绵哼唱着"棉花糖"版的"我就是这么快乐，我什么都可以不要了，我就是这么快乐，我就是这么容易快乐……"不亦乐乎。虽然蓝一纯曾说过唐绵绵跑调跑得很准，但唐绵绵认为这明明是对许茹芸歌曲的再创作嘛！

屏幕突然飞来一行小字：免费注册，高速下载电影。唐绵绵随意点了一下。网页迅速打开。天！居然是成人网站，面红耳赤地飞快关上网页，却不想已经捅了马蜂窝。那网址竟自动复制随她的信息一同发了出去！电脑遭遇病毒！

可怜唐绵绵经营了半天的淑女形象呀！她痛苦得做要撞电脑屏幕的自杀状。

还好，听唐绵绵语无伦次地解释后，他回："呵呵，没关系。"

可恶至极的是，那个网址在她每次发送信息的同时迅速复制，一同发送。任唐绵绵捶胸顿足，气急败坏。

打开防火墙，打开杀毒软件杀毒，没用！

跑去"3721"网站修复系统，没用！

天哪！我的命怎么那么苦呀！唐绵绵猛敲键盘，欲哭无泪。

手忙脚乱中，不知不觉跟男生的谈话已经经历了网上陌生人相见常有的最初的"八卦"，唐绵绵还在焦头烂额地为我的电脑和淑女形象跟病毒做艰苦卓绝的斗争。

他说他喜欢上了一个女孩儿。

等等，他说什么，唐绵绵顾不上摆出要跟她打持久战架势的病毒，仔细盯着电脑屏幕看了一会儿以确认自己没有看花眼，然后，得意地笑了。嘿嘿，我的发现完全正确，他要进行真情告白啦！

就好像小时候趁妈妈不注意偷喝了罐子里的蜂蜜一样，唐绵绵在椅子上手舞足蹈，得意得直想大叫。

病毒带来的烦恼，你去爪哇国吧，呵呵，我唐绵绵魅力还是大大的有嘛！你松子不要我，只能证明你的眼光有问题。

要保持不动声色！唐绵绵摁了摁兴奋的心提醒自己。

122

😈："那又怎么样？"唐绵绵故作平静一步一步引他说下去。

他说他喜欢上了一个女孩儿，她开朗大方美丽温柔，（不就是我嘛，咋咋呼呼是唐绵绵对松子，对别人唐绵绵还是蛮以礼相待的嘛。）他非常非常喜欢她。可是听说她在外地有了男朋友，（听说而已，唐绵绵才没

有男朋友呢！松子不算哦。）他想接近她，对她好，可又怕她不喜欢，觉得受到纠缠和伤害。他是那么希望她幸福快乐，所以只好自己郁闷痛苦。

唐绵绵心里奸笑：嘿嘿，我一个金刚不坏之身怎么会受伤害，只怕我会拒绝你让你死无葬身之地。

可三思之后，唐绵绵谨慎地像同情一个情场失意的人那样安慰他，说些什么"天涯何处无芳草""爱她就让她快乐""成全也是一种幸福"等等看似安慰实则更把人推到悬崖边上的话。

他一直虔诚地回："是吗？""哦，是这样。""谢谢你，我会默默一直喜欢她，不会让她知道。"

嘿嘿，傻瓜！

等他差不多灰心了，唐绵绵又起死回生地建议。

："其实，你可以向她表白心意呀，只要别纠缠她。"嘿嘿，我是想看看好戏的，一潭死水的日子啊，多么希望来点亮色！

："嗯，我知道她正准备考试，怕打扰她。所以从校友录上查出了她的QQ号，没有经过她允许加她为好友，她会不会生气呢？"

啊，他知道我下星期要期中考，还体贴地怕打扰我惹我生气。多好的同学呀！唐绵绵的眼泪都差点决堤而出浸湿眼眶。

唉，安慰一下吧。唐绵绵飞快地敲："不会，她会很感动。"

：:"是吗？你这么认为，太好了！"

天哪，我怎么说出了心里的话！唐绵绵轻轻扇自己的一个嘴巴子。

：:"我想，她也许会感动，如果换做我，也可能会。"唐绵绵补充。

唐绵绵最后建议他，可以在她考完试后找她，一定向她表白心意，也许，她会喜欢他的。

他打了一大串的"谢谢"和"：)"。唐绵绵想起了阳光下干净而温暖的笑容和因此明净的世界，哈哈，"一切就像是电影，比电影还要精彩。"

期中考试呀，快些来吧。就算考前突击不成功门门挂红灯，我也绝无怨无悔！好戏就要上演啦！唐绵绵几乎手舞足蹈的，拖鞋差点飞到电脑屏幕上去。

到了该说再见的时候，两个人似乎都有点依依不舍。

：:"我们真的很有缘分。"

：:"是呀。"唐绵绵深表同感，发自肺腑的。

：:"你知道吗？今天我上网查到了那个女孩儿的

QQ 号码，加好友时输错了一位，等发送出去才发现已经晚了，没想到你刚好上线就遇见了你。跟你聊了那么久，解开了心中的结，谢谢你，真的很感谢。"

等等，他在说什么。唐绵绵的大脑一下子短路了，坐在电脑屏幕前愣了一下。

："你还在吗?"他继续发来信息。

："嗯，请问一下，你现在在哪个城市?"唐绵绵有一种不好的预感，打字的手有点颤抖。

："青岛呀! 我是青岛大学的。"

唐绵绵的手都有点不听使唤了，点击鼠标查他的IP，没错是山东，不是北京!

："请问你的身高多少?"唐绵绵不死心。

："一米七二，你怎么问这个?"

不是高个子!

唐绵绵不顾不绝于耳的"嘀嘀"声和他头像的不断晃动，飞快地拔了电话线，颓然地倒在床上，大脑一片空白。

神志恢复后，唐绵绵脑袋里第一个念头是：没钱了，明天，拿什么吃饭呀!

老天爷，唐绵绵再一次举双手加双脚郑重起誓：不到万不得已，我要再上网，就烂我手指头! 以我唐绵绵的人格做担保！

4

唐绵绵想：在这个春天，自己真的无比沮丧，幸好她不是悲悲戚戚的李清照型的女孩儿。当然，如果她是李清照型的也不会遭受如此折磨。当她惊奇地发现无聊甚至让自己的辩证水平提高了时，她决定放开一切。

本来就是，妈妈说：唐绵绵是那种在原始森林里也能活得好好的那种人，谁见过唐绵绵郁闷超过二十四小时以上的?！所以，当松子气喘吁吁地跑来送钱给她时，她已经冰期过去、大地复苏、春光灿烂、阳光明媚、大树盛装、鸟儿歌唱、青蛙重生了。

而且，不是还有"高个子"吗？嘿嘿，说不定还有好戏看呢?！

几天以后，在跟"高个子"经常见面的食堂，当"高个子"端着托盘向唐绵绵走过来时，唐绵绵突然心静如水。这个发现让她高兴而自怜。高兴的是自己没有爱上他，自怜的是自己真是太悲哀了，难道失去了松子自己真的就失去了爱人的能力？

唐绵绵的心跳开始加快是因为她看见了彼男从窗户外走过，对她意味深长地笑了笑，然后走远。唐绵绵想完了，这一定不是什么好事，因为看见彼男就意味着遇

见"灭顶之灾"。她的右眼皮开始跳，完了，"高个子"该不会是上门来寻仇之类的吧！仔细想想自己最近没有作奸犯科啊！不管了，反正现在也逃不了，要杀要剐就随你便了！

"你好，我能坐这儿吗?"已经来到唐绵绵面前的男孩儿很有礼貌地问。

"当然可以。"唐绵绵说。她想她的脸有点绿，看见彼男的不好预感让她很不自然，大概会让人误认为紧张的吧。真糗！

"高个子"伸出手说："你好，我叫许家明。"

唐绵绵就握了握他的手说："许家明，我叫棉花糖，不，我叫唐绵绵。"

唐绵绵吐了吐舌头，真不是一般的丢人。然后，她就看见许家明愣了一下，然后笑了，很开心地笑，眼睛弯弯的，很好看。

他说："棉花糖，久闻大名。"

唐绵绵只得谦虚地说："哪里哪里。"心里却想着完了真是完了，他早就掌握了我的秘密资料。肯定是掌握了我哪次的犯罪事实。以后干坏事要注意不能留痕迹。

"棉花糖，不，唐绵绵。"他不好意思地笑着说，好像有点犹豫。

嘿嘿，还有这样的啊，自己找人算账，比欠账的人还紧张。好，太好了，估计待会儿他开始报仇时我还不至于一棍子被打死，尸骨无存。唐绵绵心里盘算着小九九。

唐绵绵微笑着看他，心里却盘算着待会儿万一大动干戈，该怎样才能让自己的损失最小化。还好，这儿离门不远，待会儿把凳子推倒，然后抓起书包跑，应该还不会被整得很惨。

"你、你认识蓝一纯吧。"许家明好像下了很大决心地问，眼神有些闪烁。

"嗯，认识啊。"唐绵绵点点头说，心里想着不是要"报仇"吗？怎么扯到蓝一纯身上去了。哦，哦，明白了。嘿嘿，他是陷入了"少年维特之烦恼"吧。心里一大块大石头嗵的一声落了地，唐绵绵松了一口气好像死里逃生。

"我怎么好多天没见到她了？"许家明小心翼翼地试探。

"呵呵，她呀，跟男朋友去外地参加辩论会了。"

唐绵绵心情一好就口无遮拦。结果，话一出口她就后悔了，因为她看见许家明本来因为兴奋而生机勃勃的脸很快暗淡了下来。唐绵绵承认，自己绝非善良心软之辈，生平最不会干的事就是同情安慰人，但看见许家明笑起来弯弯的很好看的眼睛突然没了神采，唐绵绵确实

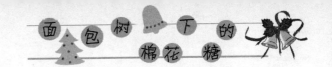

有点于心不忍。他应该是蓝一纯的爱慕者，本来以为自己还有机可乘，却不知道人家早已"名花有主"。这个打击是够大的。

唐绵绵只好补救一下，说："没事啊，她大概后天就回来了，你、你有什么话的，我可以替你转告她。"

许家明强装没事地笑笑说："没有什么事了，谢谢你啊。我待会儿还有课，先走了啊。"

"不客气，再见。"

唐绵绵冲他挥手，看他交了托盘走出去。

唐绵绵坐着发了一会儿愣，才收拾东西走出来。外面的阳光很好，玉兰花整树整树地开，洁白的花朵，像是谁轻盈的梦……

唐绵绵心里怅怅的，不是失望，不是难过，而是淡淡的失落。

这个春天她注定惆怅了。

唉，不管啦。嘿嘿，蓝一纯你这鬼丫头，不管这是"桃花运"还是"桃花劫"。等我揪住你的小辫子狠狠宰你一顿，手软我就不叫棉花糖！

唐绵绵边想着边加快脚步去图书馆。

图书馆要闭馆了，唐绵绵收拾书包走出大门时看见了许家明。他手里捧着一大束怒放的玫瑰，足足有上百朵。看见唐绵绵，他眼前一亮，冲她招手。唐绵绵只得走过去，决定告诉他，蓝一纯下午才回来，所以现在没和她在一起。

许家明明显地憔悴了，尽管笑着，可他眼里有深深深深的忧伤骗不了人。他笑："嗨。"

唐绵绵不知如何安慰，只得冲他笑："嗨。"

许家明一下子把玫瑰递过来，唐绵绵迷惑，却也赶忙接住，满怀满怀的香气扑面而来，她几乎产生了幸福的幻觉。

"你把它送给蓝一纯，好吗？"

许家明忧伤的眼睛很真诚，让人不忍心拒绝。

"好吧。她下午才回来，我一定交给她。"

"嗯，还有，替我保守秘密好吗？别告诉她是我，我会永远祝福她。"

唐绵绵笑了，点点头。看来，自己是杞人忧天呢，一直担心局面收拾不了，现在人家自己把事做得多漂亮啊！

许家明孩子气地伸出小手指，唐绵绵抱着玫瑰勉强腾出一只手跟他拉钩。

他们一起说："拉钩上吊，一百年不许变。"他笑了，孩子气地笑。

　　唐绵绵想，自己很喜欢他，是那一种与爱无关的喜欢，只是出于对脆弱的东西发自心底的悲悯。对，是脆弱而不是软弱。比如，看见一个玻璃娃娃，就算不爱它，可是眼睁睁看着它碎掉你还是会心疼。

　　他转身走掉。高高的挺拔的背影有着不容置疑的坚决，唐绵绵却看出了一丝悲壮，一种脆弱，不是软弱。脆弱有声，像木头在深夜里破裂，劈劈啪啪的，让人有微酸而绵长的深陷。

　　这真是一个惆怅的春天。

　　等回过神来，唐绵绵才发现自己已经成了大家目光的焦点。男生看见她都若有所思，大概是在考虑是不是该跟女朋友浪漫一下。走过身边的小女生一片唏嘘，走很远了还羡慕地回头看。天，听说有人为别人做嫁衣裳的，还没见过替别人的"桃花运"接受羡慕的。唐绵绵一个无名小辈怎么承受得了这么高的注目率。众矢之的啊！

　　她的脸突然像在火上烤过一样。

　　赶紧逃啊！

　　结果，唐绵绵迫不及待地一转身就和一个人撞了个满怀。

　　"对不起，对不起。"还没看见对方，作为"肇事者"的她赶紧道歉。

　　已经晚了，玫瑰洒了一地。怀里仅有的几支在他们身体激烈的碰撞下，花瓣零落，已经惨不忍睹了。

　　唐绵绵的脸都绿了，正要发作，才发现面前的人很痛苦地弯腰捂着肚子。是个男生，从块头上来看，还是个高个子。

　　大概是唐绵绵的重心比较低，撞在了他的肚子上。不过，他一个高个子大男生做痛苦状还真滑稽，看样子撞得不轻。唐绵绵奇怪，以前和人"撞车"的事也没少干啊，怎么从没发现自己功力如此深厚？

　　唐绵绵顾不上遭受重创的玫瑰，赶紧蹲下身看他痛苦的脸，小心翼翼地问："同学，你没事吧？"

　　这一看不当紧，唐绵绵三魂六魄飞出去了一半，嘴巴张得能塞下个大苹果。

　　竟是彼男！天啊，世界也太小了吧！

　　他看见唐绵绵似乎也吃了一惊，既而做更加痛苦状，甚至加上了呻吟声。"疼啊，"他不停地叫，说："小姐，你内功也太深厚了吧，我差点被你撞死，完了，现在我是严重内伤啊！"

　　说实话，唐绵绵对他的话表示十二万分的怀疑，因为"撞车"时她根本就没什么感觉。根据"牛顿第三定律"——力的作用是相互的可以推断，要么她是铜头铁臂要么这事根本不可能发生。但看他一张扭曲了的

地瓜脸，比一地揉碎的玫瑰还惨的样子，唐绵绵还是动了恻隐之心。

唐绵绵说："同学，对不起，我太慌了。但是，为什么我就没什么事呢？"

唐绵绵不小心说了心里的话。因为，她觉得事情蹊跷啊，别忘了，她也曾经设计"假摔"陷害过他的。而且她的肠子从来都是直着长的，不会拐弯。

他似乎愣了一下，接着痛苦地说："可能你有玫瑰保护吧。哎呀，疼啊！"

唐绵绵一想，也有点道理。先不考虑它的真实性，问题是，现在怎么办啊？

她问："同学，你真的很难受吗？"

他痛苦地点点头。

她说："要不我送你去医院吧。你还走得了吗？我去叫救护车吧。"

"不，不用了。"他赶忙阻止，说："我试试。"

他试着站起身，捂着肚子步履蹒跚地走几步，然后回过头说："没事，我自己行了。"

唐绵绵松了一口气，好不容易摆脱了一个瘟神。接着低头看着一地的玫瑰发呆，天哪，我怎么办啊！我唐绵绵办事不济，这点小事就砸成这个样子。棉花糖对不起天地，对不起你许家明，对不起蓝一纯啊！

蹲下来一支一支捡那些玫瑰，唐绵绵沮丧得想抽自己嘴巴子。唐绵绵啊，唐绵绵，你就这样不小心，辜负了许家明的信任和委托。难道你真的像妈妈整天骂的"成事不足，败事有余"吗？唉！喝凉水塞牙，放屁砸后脚跟的春天啊！

"咳，别捡了。舍不得那几支玫瑰啊！反正'追随者'随时在的嘛，你让他再送就是啦。"肇事者在不远处回头看她，不无讥讽地说。

"送，送你个大头鬼啊。"唐绵绵小声嘟囔着，继续捡玫瑰。

"是不是没见过玫瑰啊，嘿嘿，一定是第一次有人送花给你，心疼坏了吧？对不起啊。""大头鬼"还在说风凉话。

妈妈的，有完没完啊，蹬着鼻子上脸啊！这"惨重"的后果还有你一半"功劳"呢！就这样放你走了，你居然"得了便宜还卖乖"！肝火上升。唐绵绵气不打一处来，"你还说呢，都怪你，路那么宽你没事干吗站我后头！现在弄成这个样子，我怎么向人家交代。"

"嘿嘿，一束玫瑰就俘获芳心啦？弄坏了他的玫瑰开始心疼了？哦，好可怜。"

猪头，什么跟什么啊！跟我什么关系？！再说啦，就算跟我有关系，我是那么没人要那么容易被俘虏的主

儿吗？再怎么玫瑰也不能当饭吃是不？再怎么着他也有点像松子是不？真想拿块胶条把他的嘴巴封住，不说话有人把他当哑巴啊！

忍无可忍，唐绵绵抱着残缺不全的玫瑰走到他面前说："你，听清楚了。这是人家拜托我交给我朋友的玫瑰，跟我一点关系都没有，现在事情弄成了这个样子，你也要负一半责任的。看在你被我撞疼的份儿上饶了你，现在请你闭上'尊嘴'！"

唐绵绵一口气说完，饶过他，头也不回地走。一面走一面气得冒泡，天哪，今天怎么那么倒霉啊！我平时够冒失的了，又遇见一个冒失鬼，还是超烂极没同情心的，给我受伤的心雪上加霜。唉，让我妈去庙里帮我烧柱高香吧。

"嗨，那个、棉花糖。"身后的彼男叫她。

唐绵绵想：完了，一定是我太凶了，他开始反悔，要我送他去医院。"三十六计，走为上策"，我还是逃吧。唐绵绵正要撒开脚丫子跑，突然想到图书馆闭馆、人都走掉了，这里"前不着村，后不着店"的，他万一出点什么事，我会不会负刑事责任啊?!那事情就大了。算了，还是别跑了。

于是，唐绵绵战战兢兢地回头，"什么事？"

彼男像下了很大决心说："对不起。"然后他低下头，像个犯了错被老师当场逮住的小学生。

他没让我送他医院我已经万幸，还向我道歉。就算我唐绵绵平时再怎么恶毒这会儿也不好说什么是不？想到这，唐绵绵大度地挥挥手，算啦。

唐绵绵转过身准备走掉，彼男竟追上来，堵住了她的路。

他说："棉花糖，你这样回去不好吧，咱们想想办法补救吧？"

唐绵绵瞪他，"怎么补救，你让时间回转，咱们别'撞车'，还是让这些玫瑰起死回生？"

他说："你听我的，数数这束玫瑰有几支？"

唐绵绵将信将疑地看他，他的神情坚决而真诚。唐绵绵也奇怪自己居然听他的，乖乖跟他一起数了数怀里玫瑰——九十九支。

"你跟我来。"他说。不容唐绵绵置辩就大步往前走。

"喂喂，你的肚子不疼啦？"唐绵绵跟在他身后喊。

疼啊，他做痛苦状捂了捂肚子，脚步一点也没慢下来。

唐绵绵跟着彼男来到学校旁边的花店。他对卖花的小姐说："九十九支玫瑰。"

好的。小姐爽快地答应，开始挑花。

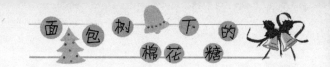

"这，不太好吧？！"唐绵绵有些犹豫。

"有什么不好？"

"这不是原来的玫瑰啊，里面的含义不一样啊！"

"呵呵，哪里有？玫瑰本身是没有含义的，只不过人们把愿望加到了它身上。这束玫瑰同样能代表那个男孩子的心情啊！相信你朋友不会想收到惨不忍睹的那束吧。"

"那好吧。"唐绵绵只得妥协。

好了。卖花小姐把花送到唐绵绵手上，她抱着。

彼男在原来的那束花上捧了一下，像捧着了什么东西，然后把它洒在唐绵绵怀里的花上。

"好了。"他说，"这样，那个男孩子的心意就转移过来了，而且，这束花上有三个人的祝福啊，比原来的更好。"唐绵绵想：原来比我还弱智的人大有人在啊。

唐绵绵啼笑皆非地抱着花跟他走出花店，才发现不对劲——这回收到的注目率更高了。不仅是自己满怀的玫瑰，还因为身边有一个人模狗样的大男生。太容易叫人误会了吧。碰见了熟人多难为情啊！妈妈的，我还要嫁人呢！赶紧跟这"扫把星"脱离干系！

于是唐绵绵加紧脚步像长了飞毛腿一样。不管彼男在后面一直喊："喂喂，身后没有大灰狼啊，你跑那么快干吗呀？！"

回到宿舍，刚把花在蓝一纯桌子上放好，电话铃就响了。唐绵绵接。

"喂，棉花糖，你下来，要不你会后悔的!"

是彼男! 不容唐绵绵分说，他已经挂掉了电话。

唐绵绵站在那儿一愣一愣的。真是气不打一处来，从楼上往下冲时她把地板踩得咚咚响，像要把愤怒种进去。"三天不打，上房揭瓦"，真该给他点颜色看看，拎着他的耳朵问他懂不懂这样粗鲁地对待别人是非常不礼貌的，尤其对一个不喜欢他的人而言。

彼男在楼下大厅里竭力对唐绵绵微笑，唐绵绵却觉得那笑容里尽是奸诈和暧昧。只不过发现他的耳朵太高，拎过去肯定费事，决心不劳驾自己的手臂了。

唐绵绵板着脸问他:"怎么啦?"

他笑嘻嘻地说:"你吃饭了没?"

唐绵绵的脸色有所缓和，"你想请我吃饭?"

他赶忙摇摇头说:"不是不是，是你请我吃饭，我身上一分钱也没有。"

唐绵绵的脸都绿了。作为一个忍耐力正常的人，谁能受得了这等无赖，何况唐绵绵的心胸一直不怎么宽广。唐绵绵向上帝发誓她想踢死他，以解自己心头之恨，顺便帮松子除掉后患。

他瞪着很无辜的眼睛说:"刚才买玫瑰把钱全都花

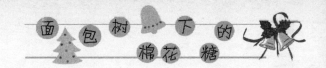

光了。不信你看!"

然后,他就很大方地把他的钱包翻给唐绵绵看。真的什么也没有。

唉,谁叫自己这次"撞车"偏偏撞上了彼男。唐绵绵知道,看见他就等于撞着了鬼,灭顶之灾啊!天知道跟他再纠缠下去会有什么不测之事发生!好了好了,破财消灾吧,就此跟他划清界限,老死不相往来。

想到这,唐绵绵决定妥协,说:"走吧。不过由我来挑地方,点菜。"

"好,没问题。"他小人得志地笑。

唐绵绵真是恨不得想咬断自己的舌头!当然没问题,假使你请我吃饭,你来挑地方点菜,我也没问题!

吃完饭从学校旁边的小菜馆出来,唐绵绵跟彼男说:"好了,咱们两清了,谁也不欠谁。你走你的阳关道,我过我的独木桥。再见。"

"好啊。"他没有任何异议地点头要走掉。然后像想起来什么似的说:"对了,你的手机能不能借我用一下,我要找人送钱给我啊。"

"好吧。"唐绵绵把手机递给他,想着反正从此跟他脱离了任何关系,她就开心。而开心时唐绵绵一般是很大方的。

可三秒钟以后唐绵绵就开始后悔了。因为唐绵绵看

着他拨了一长串数字，很快乐地用鸟语一样听不懂的家乡话跟对方叽里咕噜说起来。

他打得兴高采烈生机勃勃的，还来回踱步频繁变换姿势。唐绵绵的面部表情以两秒钟一变的频率变得越来越痛苦。

十几分钟之后，他把手机递给唐绵绵，一脸无辜地问她："怎么没电了？"

唐绵绵握着拳头，在心里默念了三遍：我是淑女，不要发作，坚持下去就可以摆脱噩梦了。

然后，面带微笑地说："那么，要不要我换块电池给你？"

他歪着脑袋似乎很认真地想了一下，然后说："不用了，反正差不多打完了。再见啊！"

看着他在阳光下头也不回地跑远。唐绵绵向上天发誓恳请上天让他被踢死之后活过来，她要再次掐死他。

晚上，蓝一纯回来后唐绵绵把玫瑰转交她。嘻嘻哈哈地跟她开玩笑，没有提许家明的名字。看着被调包的玫瑰，唐绵绵终究有些愧疚，所以决定放她一马不再狠狠宰她。眼看快要到嘴巴的美味就这样没了，这岂是唐绵绵能心理平衡之事！于是，她就一个人躺在被窝里郁闷，把彼男骂个狗血喷头。直到觉得他应该在家耳朵发烧喷嚏连连才住口。

很多很多好吃的东西，在天上飘啊飘啊的，唐绵绵却够不着，只得满怀遗憾地沉睡了过去。

早说过的，这是一个惆怅的春天。

第七章 都是"流氓兔"老师惹的祸

1

同宿舍的女友一个个被人斩于马下，做了爱情的俘虏，或者说，有人拜倒在尼龙石榴裙下。（爱因斯坦真是伟人，他的相对论实在精彩。）唐绵绵呢，冷眼作壁上观，其实，倒也有过眼睛有问题的男生来找唐绵绵，但是唐绵绵很"挑食"，她是孤家寡人并不代表她饥不择食。曾经听到有女生偷偷议论说："就她那样的，还要找个什么样的？"

其实，唐绵绵想找松子那样的（人家看不看得上她是另外一回事），但世界上只有一个松子还已经是别人的了（这话她只能自己偷偷说）。

　　蓝一纯就不止一次地劝唐绵绵说:"赶快把自己嫁掉得了。"还热心肠地问唐绵绵喜欢哪一类型她可以帮忙留意着。

　　唐绵绵说:"我想找一个人,不需要很帅,不需要很有钱,不需要很有才,不需要对我有多好,只要我看着顺眼就好了。"

　　蓝一纯皱着眉头痛苦地说:"那太难了,你常常连自己都看不顺眼。"

　　当然,唐绵绵知道找男朋友的艰巨性。俗话说:"瞎猫撞到死老鼠"……但是在她们看来,唐绵绵要找男朋友,似乎只有等着老鼠诈尸去主动撞猫……

　　其实,唐绵绵对除松子之外的男孩子并没有什么刻骨仇恨,比如苏扬之类的也不错。只是她属于那一种"没吃过猪肉至少见过肥猪跑"的人。或者说,她看见太多的"猪失前蹄"。女生宿舍最大的风景莫过于宿舍的小窗,一到天色将晚,日将黑风将高的时候,楼下亭子就是骑士们练声的好地方,声音由美声而通俗,再由通俗而摇滚……每当这时候,她就会想起齐秦的那首——他们是一群来自北方的狼……而女生,这时候会斜倚栏杆,宛若囚于高塔之中的公主……真是凄美极了!

　　糟就糟在,不要吵架,一吵架,公主窗马上就变成望夫崖,数数看吧,一块石、两块石、三块石……看过

了毕业分手时的种种惨绝人寰景象之后，唐绵绵不明白
为什么会有人愿意做这种无用功……

可是，大概是个人看问题的方法不同吧，同伴们却
是"明知山有虎"的那一种，闭着眼睛往老虎窝里跳，
一点都不怕尸骨无存。每当这时候，唐绵绵在肚子里面
把那男生骂个狗血淋头，——"每个毛孔都渗着血和
肮脏的东西"……同屋出外得意归来，便会唾沫横飞
地诉说幸福，然后就用很同情的眼光看着唐绵绵说：
"不要条件太高了……"

要是她不得意，唐绵绵更惨，回来她会淹大水，唐
绵绵自然是听众，咬了牙劝她分手，她满脸眼泪地告诉
她："你不懂你不懂。"

唐绵绵恨得牙痒痒，"我呸！我是不懂！我懂了
就和你一样了！宿舍所有人要是一起淹大水我怕床会
漂起来的。"

唐绵绵想，自己不是那种"偏向虎山行"的类型。
见了困难迎头而上，是因为能在困难背后看到一丝希
望，但在这事上，每当唐绵绵望过去就"前途茫茫，
没有归路"，所以索性想都不想。

唐绵绵继续唱"单身情歌"，歌声由迷茫到悲壮最
后到坦然，不亦乐乎。

2

在一次次的惨痛教训后唐绵绵戒掉了上网——曾经唯一的生活希望。

为了避免自己独处看着别人卿卿我我地动摇她"单打独斗"的坚强意志，唐绵绵开始很有规律地上课、泡图书馆。当然，效率是另外一回事——什么时候猪会上树了，你才能看到唐绵绵刻苦勤奋。

"丁零——"刺耳的铃声响起的时候，唐绵绵正在沙滩上屁颠儿屁颠儿捡钱，满地满地的钞票随便拣，也没人跟她争，唐绵绵把所有的口袋装满，书包都沉得走不动了，正发愁该怎么花呢。

"哎，醒一醒。"坐在唐绵绵边上的"大头强"推了推她。满世界能使鬼推磨的东西就这样刷的一下没了。唐绵绵满心里那叫一个窝火。

"干吗？别理我。"唐绵绵不耐烦地嘟囔一句，准备接着睡过去，发誓这回要拿一个麻袋去沙滩。

"哎，别睡啦，放学啦！""大头强"提醒她。

"哦。"唐绵绵揉了揉被衣服上的扣子压痛的眼睛，迷迷糊糊胡乱地把书塞进书包，背起来就走。走到门口时，差点撞着一个人。她怒不可遏，狠狠地瞪了那人一眼。这一瞪不当紧，三魂六魄差点飞到爪哇国去。

那人是他们的"人力资源管理"老师——"流氓兔"（因为他的两个眼睛细细长长的，离得有些远，颇像那个老干坏事的流氓兔，所以拜唐绵绵所赐，得此雅号）。"流氓兔"老师手里拿着公文包站在唐绵绵面前，一副要上课的样子。唐绵绵迷惑：怎么，还……没放学？对了，好像还有课。好啊，"大头强"欺负人你也不看看对象，待会儿我就让你见识什么是真正的唐绵绵！

"唐绵绵，你要去哪儿？""流氓兔"老师满脸不解地问，细长的眼睛里透着一丝疑云，更像流氓兔了。

"我……"唐绵绵嗫嚅着，嗓子里像卡了块鸡骨头，手里的书包带子被拧成了天津十八街的大麻花。但是，什么叫急中生智啊，唐绵绵纵横江湖这么多年，从来没有马失前蹄过，靠的就是这点小聪明。

"老师，我……老师，我有点头疼，咳……我想回去休息一下。"唐绵绵有气无力地说。还别说，刚才连惊带吓又费脑子的，她装起来一点也不费劲。

"是这样啊，那也该请假啊。算了，看病要紧，你先回去吧。""流氓兔"老师脸上的疑云还没完全散去，但口气缓和了许多。

"啊，不，不用了。"唐绵绵赶忙拒绝。一面念阿弥陀佛一面想着，回去就太便宜"大头强"了吧。

老师迷惑不解。

唐绵绵赶忙扯个理由说："我才想起来，早上把钥匙忘在宿舍了。现在回去也开不了门，反正就两节课了，上完再说。"

唐绵绵撒起谎来眼都不眨一下，却再没敢看"流氓兔"的眼睛。

"嗯。那就上课吧。"

"流氓兔"老师没再说什么，径直走进了教室。唐绵绵在他屁股后头紧紧跟着，看见他背上停着一只乐悠悠的苍蝇。

回到座位上，唐绵绵如释重负地松了口气。

"哎，惊驾了。""大头强"装模作样地朝她伸了伸舌头说。一张原本胖胖可爱的脸，现在变成了刚出炉的烤地瓜。

哼，老虎不发威，你当我是病猫啊。我唐绵绵是受人欺负的人吗?!唐绵绵斜了他一眼。趁其不备在他胳膊上按顺时针方向拧了个一百八十度。

"啊——""大头强"的嘴巴立刻张得能吞下一个猪蹄。

本来打开公文包，正在整理教案的"流氓兔"老师，立刻循声把目光扫过来。

"嘘——""大头强"下面的"哟"硬是被咽了回

去，转成了打喷嚏。"流氓兔"只得把目光收回去，接着整理教案。

身后的蓝一纯和她同桌笑得花枝乱颤的。唐绵绵忍住笑，把目光调整到足够大的杀伤力之后，转身横扫过去，她俩却愈挫愈勇，大有不把花枝颤折不罢休之势。

唉，遇人不淑，交友不慎。唐绵绵感慨。

"流氓兔"老师把手支在高高的讲桌上开始讲课："马上就要期末考试了……"

"砰！"教室门被撞开。体育委员马宁满头大汗地抱着一只脏兮兮的足球闯了进来，运动衫围在腰间胡乱地打个结，像穿了件燕尾服。

一看到"流氓兔"，马宁连忙把球藏到背后，退了回去，结结巴巴地喊："报、报告。"

"进来。""流氓兔"老师皱了皱眉头。

兴许是太紧张，马宁忙不迭地跑进来，一连碰着了几张桌子，龇牙咧嘴一瘸一拐地溜回到和唐绵绵只隔一条过道的座位上。一双大脚一伸，空气污染指数上升，唐绵绵立刻想要去自尽。

"我们今天要进行一次期末考前的模拟考试，让你们加强好好复习的意识，免得真正考试的时候擦鼻涕抹

眼泪的。""流氓兔"也许被今天的状况搞得没了心情，所以一改平时口若悬河的作风，长话短说。

翻试卷声、钢笔划纸声四起。

唐绵绵故伎重演，一只眼睛盯着老师，随着"流氓兔"的身影和眼神来回移动、另一只眼睛盯着桌洞里的小抄。"流氓兔"的眼睛太难察觉了，因为太细太长让人根本不知道他到底聚焦在哪里。这可如何是好？

嘿，被难倒了就不是唐绵绵了！她故意咳嗽两声，使劲抽了抽鼻子。然后装做在口袋里翻来覆去找不到纸巾的样子，顺手从桌上一本皱巴巴的作业本上扯下一张，裹紧鼻尖，擤鼻涕，然后把那纸和小抄塞到了桌洞里。哈哈，老师不会关注那脏拉吧唧的桌洞了吧。开抄！

正当唐绵绵抄得眉飞色舞不亦乐乎之际，眼角的余光看见一双粘着些许泥巴的皮鞋在自己身边停了下来。唐绵绵的头轰的一下子蒙了。完了，唐绵绵一世英明就这样完了。不过，她永远在紧急状况下保持清醒的头脑。"坦白从宽，抗拒从严"的道理，她从小就明白。小时候看电视，看那些罪犯戴着脚镣手铐在人民警察的追问下还三缄其口的，她就很纳闷，自己做错了事就说啊，主动承担还能减轻处罚呢。

于是，唐绵绵竭力调整面部表情，在保证笑容里的

"含糖量"超标后，正要起身交代罪行。却听见一声大喝："马宁，你在干吗？把小抄交出来！"

马宁灰溜溜地把纸条交了出来。"流氓兔"硬邦邦地甩下一句："下课到我办公室来一趟。然后转身就走了。"

唐绵绵又惊又喜几乎瘫倒在座位上。马宁是谁啊，作弊手段出神入化，我跟他就不是一档次上的，修行至少差五百年呢！我竟然，逃过了一大劫。

老天爷，小女子给你磕头了！

下课后，唐绵绵正要出去舒展一下筋骨，"大头强"一把拦住她，"喂，哪儿去？！你怎么撕我作业？"

唐绵绵莫名其妙的，"我哪里有撕你作业？"

"嗬，撕我作业擦鼻涕还不承认？！"

他拿过那个被唐绵绵撕得残缺不全皱巴巴的作业本子对质，"人证物证俱在，你还有什么话说？"

"怎么？这、这是你的作业啊？"

唐绵绵自知理亏，就耍起了赖，说："你应该感到荣幸，要早知道是你的作业，给我当手纸我都不要。"

"你——""大头强"气得差点没背过气去。

"唉，我完了。"马宁垂头丧气地回来了。

唐绵绵暗自庆幸自己的聪明才智和"点"好。

"唐绵绵，老师请你去办公室一趟。"

马宁如蚊子般哼了一声，唐绵绵听来却是晴天霹雳，头皮铮的一紧，完了……

唐绵绵一步一步走得比赴刑场还艰难，隐隐约约还似乎听见"开铡——"的宣判声。

其实，"流氓兔"老师没有当众揭发我，已经是给足了我面子的。既然这样，我就把里子作足，坚持我"坦白从宽，抗拒从严"的信条，要杀要剐随你便。

唐绵绵这样想着就加快了脚步，心一横推开了办公室的门。

"啊，来了。""流氓兔"老师满面笑容地说，眼睛更细更长了。唐绵绵一时丈二和尚摸不着头脑。

"坐吧。"他笑了笑，伸手去取暖壶。

唐绵绵的腿有点软。嗵的一下坐在那条长沙发里，脊梁上直冒汗。

怎么，还斟茶给我啊？噢，明白了，这是先礼后兵，欲擒故纵。好了好了，你就别折磨我了，反正早晚都是一死，今天我就死个"英雄主义版"的。我不等你"礼"，也不等你"纵"，我招了吧。

唐绵绵受不了这种笑里藏刀的战略，决心开口坦白罪行。

"流氓兔"老师把水放在她面前，说："我给你找了点感冒药，赶快吃了。我看你平时身体也不太好，不能老这样拖着。"

唐绵绵立刻就傻眼啦，像被武林高手点了穴道一样不能动了。

老师看唐绵绵愣着，就提醒说："快吃了吧，我看你咳嗽得挺厉害，鼻涕呼啦呼啦的，赶快吃完上课去。"

万般滋味涌上心头，唐绵绵几乎要把自己的罪恶行径和盘托出了，但理智最终还是战胜了感情。她平时哗啦啦转着净想馊主义的脑袋瓜子提醒她：多一事不如少一事，而且，还要维护她唐绵绵平时不怎么样光辉的形象。

于是，她说："谢谢老师，医生不让我胡乱吃药，他给我配好的还有，我早上还吃呢。谢谢老师啊，我去上课去了！"

于是，唐绵绵一溜烟儿地跑回了教室。

她想，我唐绵绵一定要好好做人，我可以对不起生我养我的爹娘，但我不能对不起"流氓兔"老师——不，曾老师。

暑假来的时候，唐绵绵决心要重新做人，打算留在学校，还找了两份当家教的工作。她在学校生活区

　　可当她雄赳赳气昂昂地回来，一推门就傻眼啦。一只硕大的老鼠，蹲在地板中央，气定神闲的，看见她一点也不害怕。唐绵绵正想对它舞棍弄棒，它居然迈着正步朝她走了过来。

　　"妈呀"，唐绵绵惨叫一声回头就跑，一下子撞到一个人身上，摔了一个屁股蹲儿。

找了一间房子住。而且，松子因为毕业要工作了，不回家。想着没有了松子，她一个人穿着大拖鞋在屋子里晃来晃去，逮着谁闹谁的滋味也实在不好受，因此她决心留在这儿接受锻炼，争取脱胎换骨，让所有的人刮目相看，让他们知道"我这块朽木可雕也！"尤其是那个"流氓兔"老师，不对，是曾老师！

放假后，蓝一纯那小妮子跟着苏扬屁颠儿屁颠儿回家了。独自住的第一个晚上，唐绵绵一夜没敢合眼。唐绵绵不是众人想象中的那么胆小如鼠，害怕妖魔鬼怪。其实她倒希望自己有个老鼠胆，一整夜啊，老鼠们对她这个大活人视而不见，在她床边或谈情说爱卿卿我我、或搬运东西打架斗殴，不亦乐乎的。她被吓得大气不敢出一下，把自己严严实实裹在被窝里，只祈求别有哪只热心的老鼠心血来潮跟自己亲密接触。

天刚蒙蒙亮，唐绵绵顾不上蓬头垢面，飞奔下楼给松子打电话。松子却出差了，人在上海。电话里，松子一个劲地道歉说："绵绵对不起，你别害怕，坚持一下，我过两天就回去了。"

唐绵绵啪的一下把电话挂上了，如果说对不起能把老鼠赶走，我说它一千万遍，把嘴皮子磨破了也愿意！

然后，唐绵绵慢腾腾地回来，坐在地板上就很没出息地哭了。心里想着："流氓兔"老师，我是想重新做人对得起你，但你怎么没告诉我，重新做人那么难啊！

　　哭了一会儿突然想到老鼠在这儿混了一整夜多脏啊，就抹干眼泪把破旧的木地板擦了好几遍，擦得都快掉漆了。看看表，时间也差不多了，只好带着两个大大的黑眼圈去做家教。

　　唐绵绵教的是个十岁的小男孩，特别调皮。侃起大山来一套一套的，看见书本就挠头皮。但迫于妈妈在门外监督的淫威，他只好面无表情地忍受唐绵绵近乎自说自话的喋喋不休。唐绵绵一连打了几个呵欠之后，小鬼头往门那儿看了看，然后对她眨了眨眼睛说："姐姐，咱们不讲这个了好吧，看你也挺困的，咱们下棋吧，反正妈妈在外头也不知道。"

　　唐绵绵真是又好气又好笑还有一丝内疚，心里想着今天晚上再也不能这样了。

　　回来后，唐绵绵在走廊上东张西望，想寻求一个敢捉老鼠的人帮她一下。可望穿秋水一个人影也找不到，更让她觉得这里阴森森得可怕。唐绵绵垂头丧气地靠在护栏边上一筹莫展。

　　五分钟以后，唐绵绵狠下决心，跑到楼下找一根棒棒，准备自己赶老鼠。

　　可当她雄赳赳气昂昂地回来，一推门就傻眼啦。一只硕大的老鼠，蹲在地板中央，气定神闲的，看见她一

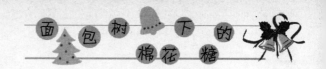
点也不害怕。唐绵绵正想对它舞棍弄棒，它居然迈着正步朝她走了过来。

"妈呀"，唐绵绵惨叫一声回头就跑，一下子撞到一个人身上，摔了一个屁股蹲儿。

"这儿怎么会有人？"她惊了一下，然后明白了。

天哪，鬼呀！唐绵绵顾不上疼，抱着头坐在地上，吓得哇哇大哭。

"喂，你没事吧？"

有人碰了碰她的胳膊，好像有体温，应该不是鬼。

唐绵绵慢慢抬起头，从胳膊缝里看见一张平时看起来像恶魔，此刻却亲切无比的脸——是彼男。

"你怎么啦？"他问。

唐绵绵用手指了指屋里。

他迷惑，"什么也没有啊？"

唐绵绵伸头看了看，那只老鼠早没影了。妈的，彼男一来它就跑了，真是欺软怕硬，专门欺负自己这种没用的"脓包"。

唐绵绵不好意思地抹抹眼泪，然后起身，说："你怎么在这儿？"

彼男扬了扬手里的东西说："我有两张'欢乐总动员'现场直播的入场券，要不要一起去看？"

哎呀，怎么都比我一个人在这受老鼠的欺负强吧！

唐绵绵说好，就和他一起下楼了。

唐绵绵跟着彼男没走多远就停了下来。因为前面有几个等着看热闹的男生女生亮着嗓子唱："对面的女孩儿看过来，看过来，看过来，这里的表演很精彩——"

唱完这几句就没了，一个个朝她傻笑。彼男说："原谅他们的轻狂，只怪这里寂静得可怕，他们只好自己来一个'快乐总动员'了。"

原来，他们是外语系的学生，留在学校翻译一本书。刚才看见唐绵绵在护栏那儿发呆，就怂恿彼男把她引下来，不管用什么办法。

"棉花糖。"彼男向他们介绍唐绵绵。

大家都叫彼男"老大"，唐绵绵也跟着叫"老大"。

他们都嘻嘻哈哈说："老大，你的演技也太好了。今儿算我们输了，认罚。"

彼男就让他们一人唱首歌。

唐绵绵跟他们在一起玩疯了，一首接着一首地唱歌，吹萨克斯，弹吉他，跳舞……特别是其中有一个叫柳眉的女孩子，人长得漂亮，一首《青藏高原》唱得荡气回肠的。他们坐在草地上，在月光下把青春挥洒得淋漓尽致。

夜深了，该散场了。唐绵绵哽噎着跟他们简单说了昨晚还有今天发生的"老鼠当家"不把她放在眼里的

事，他们乐得前仰后合的。然后找来棍子、手电筒之类
的，随唐绵绵去看"现场"。

唐绵绵住的那栋楼是这里唯一没拆的老式木板楼。
年久失修的，根本少人住。她当时没什么经验，就搬了
进来。但他们经过一番折腾，一只老鼠也没抓到。

柳眉拉着唐绵绵的手说："棉花糖，要不，你跟我
们住吧。"

其他的几个男生纷纷点头同意。

这样，唐绵绵当晚就搬进了他们的家。他们合租的
是一套复式的公寓，楼上楼下有好几间卧房。唐绵绵住
楼下闲置不用的一间，很小，但很干净，还有一个小阳
台。跟自己那老鼠窝比，这里就是人间天堂啊！看来，
认识彼男倒还不完全是坏事。这一晚唐绵绵安心地沉入
甜美的梦乡。

几天下来，唐绵绵就跟他们混熟了。唐绵绵住柳眉
的卧房隔壁，彼男住她们对面，另外三个男孩子住楼
上。贤淑的柳眉负责大家的晚饭，还有客厅的卫生。天
哪，谁见过这么完美的女孩儿?！漂亮，有才华，热心
还贤淑！像我这样的人还怎么活啊?！唐绵绵拉着柳眉
的手胡乱发感慨，柳眉就温柔地笑。

嘿嘿，蹭人家的地方住又不付出什么，实在说不过去，唐绵绵就主动帮柳眉承担了早上拖地的任务。

"你不会拖过之后比不拖还脏吧？"彼男故意皱着眉头说。

"怎么会呢？我很会做家务的。"唐绵绵急忙争辩。

"好了，好了，你别欺负她了，棉花糖待会儿就哭了。"柳眉笑着指责彼男。大家都笑了。

唐绵绵想，自己很喜欢柳眉。跟蓝一纯那种纤尘不染脱离尘世的感觉不同，她是邻家女孩儿的那种感觉，就是小时候你常常仰着脖子羡慕的邻家大姐姐，她是心里一种可以期待的梦想，看着她就急迫想让自己长大，好变得漂亮、独立、能干、有才华。

嘿嘿，我怎么老喜欢美女啊?！（口水都出来了。）不过，别怀疑我的恋爱性别取向。只不过我比较博爱罢了，我还是喜欢帅帅的男生的。

唐绵绵在心里偷偷安慰自己。

第二天是星期二，唐绵绵不用去做家教。但寄住别人屋檐下，她也不敢睡得那么放肆了，闹钟响过九九八十一遍，在床上使尽七七四十九般武艺，又是拧自己的脸又是捏自己的鼻子的，唐绵绵才让自己起床。一大清早打着哈欠"鼻涕一把，眼泪一把"地开始拖地。"天哪，妈妈，今天我才知道你的辛苦啊，

原来拖布那么沉啊，一点不听使唤，而且这水怎么拧不干啊，地上一条一条的水印，还得我拿抹布擦。"

正当唐绵绵发着感慨渐入佳境挥汗如雨跟地板做艰苦斗争时，彼男从卧室出来，跟她说早安。

唐绵绵气喘吁吁有气无力地说："早安。"

彼男换完拖鞋出去了，手里拿着一个黑色的包包。

一整天的，他们各自在忙事，唐绵绵就在阳台看书。晚上，跟在柳眉后头看她做饭，热心肠地帮她打杂，却不小心地摔了一个碗。

"啊，那是老大的碗。"柳眉紧张地说。

"嗯？有什么要紧。再换另外一个就是啦。"

唐绵绵虽然有些不好意思，怪自己手忙脚乱，但还是对柳眉的反应感到奇怪。用得着那么担心吗？看那些碗都长得差不多啊。

"没、没什么。来呀，帮我把这些空心菜洗了。"柳眉转移话题。

唐绵绵只得动手洗空心菜。

"好不容易今天大家聚齐，我们多烧几个菜喝点酒吧。"柳眉高兴地说。

"好啊，好啊。呵呵，凑热闹的事我这等俗人最喜欢。"

唐绵绵跟柳眉往饭桌上端菜的时候，彼男回来了。

柳眉说:"老大,你回来了,赶快把开酒器给我用一下。我们可以开饭喽!"

"哦,"彼男一边换拖鞋一边说,"在我卧室的书包里,你如果急着用就自己拿。"

唐绵绵才注意到彼男空手而回。奇怪,早上明明看见他拿着黑色的包出去的嘛。

吃饭的时候,他们几个男生摩拳擦掌比酒量。有一个胖胖的很可爱的家伙叫程亮的偏偏揪住唐绵绵不放,老灌她酒。柳眉便阻止他,说棉花糖不能喝就别逼她了。

实在不行的时候,她还帮唐绵绵喝了好几杯。真是很感谢她。唐绵绵看着灯光下漂亮的柳眉,觉得女孩子能做到这份儿上就是极限了吧,什么样的男孩儿应该都不能抵挡她的魅力,无论是喜欢漂亮型的,喜欢贤惠型的,还是喜欢心地善良型的。嘿嘿,世界上幸亏像柳眉这样的"万人迷"不多,要不,让我这等平庸之辈怎么活啊?!

唐绵绵就胡思乱想着一直注意着柳眉的一举一动。唐绵绵慢慢发现,柳眉看彼男的眼神跟别人不一样,眼角里满满的温柔藏都藏不住。大家都夸柳眉做的菜好吃,柳眉却是最留意彼男的说法。

哦,唐绵绵明白了。嘿嘿,她唐绵绵是"没吃过

猪肉，但看见过猪跑"的那种人。虽然对这种事没有什么实战经验，但生活或是小说电视上的言情剧看多了，也明白了八九分。终于知道了，自己打碎那个碗时，柳眉为什么那么在意了，可能是彼男喜欢用那个碗，或是经常用，柳眉洗碗或盛饭时看到摸到那个碗时的心情就不一样吧。呵呵，温暖牌的呢，怪不得那么紧张。

可是，彼男是什么样的心情呢？唉，他还有佳宁呢。柳眉能得到幸福吗？唐绵绵突然很想松子，拿出手机搜出号码，却没有拨出去，他现在应该跟佳宁在一起吧。其实两个人在一起真的很不容易，需要很多很多的缘分，还有别人的祝福和成全。就不要打扰他们了吧。

"嗨，发什么呆啊！"小胖子程亮伸手在唐绵绵面前晃了晃。

唐绵绵想着就释然了，接过程亮递过来的酒，一饮而尽，他们都拍手叫好。唐绵绵就跟他们划拳玩游戏闹到尾巴翘上天。明天？管他呢！

做家教回来时路上堵车，很晚才到家。楼下树影里有个黑色的人影。唐绵绵有些害怕，赶紧加快脚步走过去。那人却朝她走了过来，吓得她撒开脚丫子就跑。

"棉花糖，你跑什么啊？！"身后的人叫，声音有些耳熟。

唐绵绵停下脚步，原来是彼男。她松了一口气，说："你这人有病啊，没事老吓人玩。"

"对不起，呵呵。"

"这么晚了你站这儿干吗？怎么不进去？"唐绵绵奇怪地问。

彼男好像下了很大的决心似的说："棉花糖，你做家教一个假期能拿多少钱？"

"嗯？为什么问这个？没多少啊？"唐绵绵后退了一大步做逃跑状说，"你是不是想问我借钱，还是也想找家教？我可告诉你借钱我可没有，想做家教你可以去网上找。"

"哦，不是。"彼男失笑，然后摸了摸后脑勺接着说，"那个，我有一个让你不出门也能赚钱的机会，你干不干？"

唐绵绵仔细看了看他的脸，确认，"真的？"

"嗯。"他点头，一点不含糊。

她放心了，"呵呵，我愿意干，谁跟钱有仇啊？什么机会，快说。"

"好的，想赚钱就好办。"彼男自言自语。

"你说什么呢？快说有什么机会？"

彼男犹豫了一下，好像有些艰难地指了指屋里说："那帮小子吃饱了撑的，说我要是能追到你，他们

愿意每人出三百块钱作为我们的恋爱经费。我以为是开玩笑就答应了，反正我也没什么损失。谁知道他们玩真的，跟我打赌说，如果我输了，也要给他们每人三百块。所以我来找你说一下，那个，可不可以，找你配合一下，演一下戏，行不行没关系的。"

唐绵绵看着他几乎咬断自己舌头的样子真是好笑，他该是怕我误会吧，怕我误会是他在追我。怎么可能?!我从第一天见到他时就知道他喜欢青梅竹马的佳宁，就像我觉得自己不能接受松子以外的男孩一样，他应该也不能接受她以外的女生。而且，如果他真的喜欢上了别人，也应该是柳眉那样的女孩子。怎么会找我?

"那个，如果不行的话没事的，我认输就是了。"彼男见唐绵绵一时不说话，还以为她不高兴了，赶忙解释。

呵呵，不冒险那还叫棉花糖吗?! 这个游戏还蛮有意思，今天本姑娘就玩一把。反正没什么损失，要是能赚点钱更好，嘿嘿，唐绵绵早就垂涎索尼的一款 CD机，正愁钱不够呢，这下有点希望了，最起码可以买三分之一的 CD 机吧。

于是她说:"那我们怎么分钱? 还有，戏要演到什么时候?"

彼男松了一口气，说:"我还以为你生气了。到暑

假开学。这样，我们对半分怎么样？四六分或三七分也可以，反正我宁愿亏给你，也不愿意输给他们啊。你只要好好配合就好了，我的表演你又不是没见过。不过，君子有言在先，我保证不伤害你，怎么样？"

"嘿嘿，我六你四，因为是你求着我的。"唐绵绵得理不饶人地说。

"好，说好了。我还害怕你不开窍。那我们一拍即合，假戏真做了？"

唐绵绵几乎跳起来喊："假戏真做？"

"不不，是真戏假做，不不不，是假戏假做。"

彼男语无伦次像在练绕口令。

唐绵绵也忍不住笑了，嘿嘿，本姑娘今天豁出去了。向那五百四十块钱进军！向三分之一 CD 机进军！

当唐绵绵和彼男牵着手出现在那帮观众面前时，他们的眼睛瞪成了铜铃状，眼珠大有即将飞离眼眶之势。他们相互递了个眼神，然后"嗷嗷"起哄，说："真是立竿见影！只是你们不觉得缺少点什么吗？"

"什么啊？"唐绵绵奇怪地问，马上明白了。心一下子慌了，完了，谈条件时怎么没想到可能会"亲密接触"这事啊！

他们一点也不打算放过唐绵绵，异口同声地说："亲吻。"

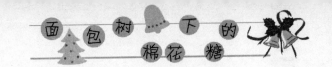

彼男握唐绵绵的手开始有点不自然，唐绵绵的脸一下子红到了耳根。

这时，柳眉从厨房端菜出来，看见他们愣了一下，极不自然地打招呼说："你们回来啦，赶快洗手吃饭。"

唐绵绵真想抽自己嘴巴子，她怎么把柳眉忘了。这样该对她伤害多大啊！于是她赶忙松开彼男的手，蹦蹦跳跳跑到柳眉边上说："啊，今天的饭菜好香啊，柳眉姐姐真贤惠。谁娶了你真是福气，唉，我怎么不是男的呢？对了，说真的，如果我是男生，你会不会考虑我，对了你有没有男朋友？"

因为慌乱和内疚唐绵绵一下子说了很多。

柳眉哭笑不得地说："你在说什么啊，快准备一下吃饭。"

唉，乘机逃脱吧，还可以掩饰一下尴尬。唐绵绵屁颠儿屁颠儿跟着柳眉去厨房取菜。

客厅里，大家跟彼男起哄说："你们一定是假的吧，连吻一下都不敢。"

彼男就急赤白脸跟人说："是棉花糖不好意思给你们看到。"

他们"嗷嗷"起哄。

唐绵绵抓住柳眉的手说："好姐姐，你可得帮我。"

"嗯？帮什么？"柳眉疑惑。

唐绵绵就把打赌的事跟柳眉说了，让她帮自己挡着点，还保证，"等我拿到钱一定请你吃大餐。"

柳眉点她脑袋，"你这鬼丫头！"

唐绵绵说："好姐姐，你就帮帮我吧。我现在进退两难的，怎么走都是死路一条。'救人一命胜造七级浮屠'呢，就算我的命不怎么值钱，救一下最起码也能'胜造五级浮屠'吧。"

柳眉装做不答应说："我看你们挺合适的，假戏真做也可以嘛。"

唐绵绵急了，"那哪儿能啊，我有男朋友呢？"

"是吗，怎么没见过？"

"哦，他去出差啦，是我青梅竹马的邻居哥哥。什么时候带来给你瞧瞧。对了，待会儿我给你看他的照片，你一定要帮我保密啊，求求你了，好姐姐。"为了骗这纯洁的小姑娘的信任，唐绵绵撒起谎来，脸一点都不变色。

"好了，好了。我答应你，快去洗手吃饭吧。"

柳眉笑着端菜出去，唐绵绵松了一口气，还好，自己这心血来潮的猪脾气没有酿成大错。

有了柳眉的帮忙真好，他们起哄不像话时就有她帮唐绵绵挡着。嘿嘿，五百四十块钱啊，三分之一 CD 机啊，快要到手了，唐绵绵想着就偷偷乐。到手后，一定

请柳眉吃大餐!

第二天，唐绵绵家教回来时，路过商场时突然心血来潮，就进去看了一下。索尼那款精美的 CD 机在玻璃柜台里向她招手，看得她心里热血沸腾的，她发誓怎么也要把它赚到手。哼!

回来时，已经很晚了，下车时，看见彼男在车站牌下等她。

"怎么啦，又有什么事?"唐绵绵疑惑地问，害怕他又弄来一个什么打赌的游戏跟她玩，当然，如果让她再赚三分之一的 CD 机，唐绵绵不是不可以考虑的。

"接你啊。"彼男看见她扭身就走，唐绵绵只得紧紧跟上。

"接我干吗?"她还是很奇怪。

"你猪头啊，我们现在跟人打赌，有男朋友不接女朋友的吗? 你什么时候回来怎么也没个点儿啊，害我几乎站成了垃圾桶。"

彼男气呼呼地边走边说，脚步一点也没慢下来。唐绵绵只得紧紧跟着。偷偷乐——嘿嘿，他是有点后悔了吧，心里想着一个女孩儿还跟另一个女孩儿假戏假做，是够难为他的。哎，不过谁愿意这样啊，我也觉得这样是自己对松子不忠呢! 猪头，这事又不是因我而起。干吗冲我嚷嚷!

唐绵绵大叫："你生那么大气干吗？又不是我叫你等的，你讲不讲良心啊？！别忘了，是你求我呢！喂喂，你走那么快干吗？！"

彼男头也不回地走着说："你再叫，引来了警察，我可说不认识你。"

唐绵绵只得闭嘴，一路小跑紧紧跟上他。心里气呱呱的：天，我陷入了一个怎样的境地啊，不尴不尬，进退两难的。遇见彼男就一定没好事！

唐绵绵想起小学毕业时，一个胖胖的戴眼镜的小女孩儿在她的毕业留言册上写：唐绵绵，我觉得你是我见过的最像从卡通里跑出来的人！

唐绵绵当时哭笑不得的，这叫什么评语啊！但如果现在再见到唐绵绵她一定会推推她的小眼镜说："唐绵绵，你是我见过最像从电影里跑出来的人。"

因为，唐绵绵自己也不知道自己在干吗！像个木偶一样被人牵着上演自己控制不了的悲喜剧，更为糟糕的是，导演要是别的，她还可以要求退出或罢演什么的。但现在她的动力是做梦都在流着口水想的 CD 机啊！眼看到手的东西飞了，你还不如让棉花糖咬舌自尽。绝对不能罢演！

"流氓兔"老师，就是因为你，我才陷入这么一个贪心的怪圈。现在算是我的小聪明遭到报应了，咱们谁

也不欠谁，今后我还是叫你"流氓兔"老师！

唐绵绵恨恨地想着，已经到了家门口。

第八章　爱是奴隶，被爱是上帝

1

彼男会在星期二和星期五的早上出门，手里拿着一个小黑包。然后晚上空手而归。一个月后，唐绵绵以"清洁工"的独特身份发现了这样一个奇怪的规律。

她问柳眉怎么回事的时候，柳眉开玩笑说："你是他女朋友都不知道，我怎么知道？"

唐绵绵就急赤白脸跟她嚷："柳眉，你要讲良心啊，你明知道这是假的。你要再讲风凉话，我就当你吃醋啊！"

柳眉果然不再胡言乱语，可唐绵绵也没有得到想要的答案。这让她心里有个很大的疙瘩解不开。而把疙瘩

闷在心里根本不是唐绵绵的作风。

唐绵绵又不能直接问他："喂！你每周出去两次干吗？而且你的东西怎么有去无回？"要知道，自己虽然是他"女朋友"，可绝对是比演戏还演戏啊，干涉对方隐私绝对是"被罚出局"的事。这点唐绵绵明白。

所以……

星期五早上。

唐绵绵很早拖完地，蹲在门边装做很努力的样子使劲擦地，却密切注意彼男卧室的动静。等到那块地板快被擦烂时，彼男才出来，手里拿着一个黑色的包。

"早啊！"他说。

"早。"唐绵绵漫不经心地回答，装做更卖力地擦地板。

彼男换完拖鞋说："我出去啦。"

"好的。"

唐绵绵更卖力了。等他出门，唐绵绵一把抓起早就准备好的背包，偷偷跟着他。

彼男走进地铁站，坐上了往西开的车。

因为太早了，清晨的车厢冷冷清清，只有零零星星几个乘客。唐绵绵特意带了一本书，打开竖起来遮着脸作掩护，刻意与他保持一段距离。他坐下来就开始看书，没有留意身旁的人。

当唐绵绵偷偷看他时，发现他跟自己看同一本书，是《彼得·潘》。这是一本童话，里面讲一个永远长不大的孩子。

天，假如他偶尔抬起头看见不远处有个女生跟他看同样一本书，他一定会注意的吧？唐绵绵唯有把书放进背包里，把背包抱在胸前，把头埋在背包后面。每次列车上的广播报站时，她就偷偷伸出一只眼睛看彼男的动静。

直到终点站，列车停定。彼男走出地铁站，在站口的便利店买了一瓶矿泉水，然后站在路边伸手招了一辆出租车。唐绵绵赶紧跳上后面的一辆，跟司机大叔说："跟着前面那辆车。"戴棒球帽的司机叔叔看了她一眼，唐绵绵才觉得自己的口气像极了电视上玩追踪的。酷毙了！

车子一个劲地往前开，越来越荒凉，然后走了一段山路，在一片建筑前停下来，热情的出租车司机跟唐绵绵搭讪："小姐，你来监狱看人啊？"

"啊？"唐绵绵险些从座位上摔下来，"这是……监狱?！"

"嗯，啊，是啊。"

冲击实在太大，唐绵绵有些不知所措。

付了车钱，唐绵绵一头钻进监狱大门对面的小吃

店，要了一杯冰豆浆，坐在比较靠里面的位子上。

监狱外面已经聚集了不少人，有老人，也有年轻人和孩子。每个人都带着大包小包的，自觉有秩序地排成了一个队伍。彼男就站在这队伍的最后面。

他拧开矿泉水的盖子，喝了一口水，一面抹汗一面东张西望。她赶紧把头埋在桌子后面。还好，等她抬起头，两个监狱的守卫正在打开大门，让排队的人一个一个进去，并一一为他们登记。

彼男最后一个进去了。

唐绵绵赶紧走出店门，站在路边招出租车准备原道返回。虽然这是她第一次见到现实中的监狱，却对它一点提不起兴趣。

一路上，唐绵绵都在不停地想：彼男一个星期来两次监狱，他要看什么人？

回到家，大家早已起床，在各忙各的，有些无聊。唐绵绵就坐在客厅的沙发上看电视。电视里每个频道都播放同一个画面：小燕子和林心如大姐姐楚楚动人的大眼睛里渗着无辜的泪花儿，琼瑶阿姨告诉她们："你们可着劲儿哭吧，怎么伤心就怎么哭，哭得越欢阿姨给你们发的工钱就越多。"

于是燕子和心如就点了点头开始撒着欢儿挥泪。真有些担心，她们这么个哭法，还不得长两个大眼袋啊?!

为了不让自己为数不多的同情心浪费在其实比自己活得好的多的人身上，唐绵绵决定让自己充实起来。

唐绵绵又走出去，跑到学校旁边的小吃店去吃麻辣烫。放了很多很多的醋，哧溜哧溜吃了个醋畅淋漓。

然后去"欢乐谷"去看漫画。这里的漫画是免费的，你只要买一杯饮料，满架子的漫画书尽情看。这还不乐坏了唐绵绵这等爱贪小便宜又嗜漫画如命的人！逮着高桥留美子的《乱马1/2》不放，一本换过一本。不管别人的目光，自顾自地在那嘿嘿傻笑。

直到有人敲着桌子提醒"关门啦"，才依依不舍地出来。竟发现霓虹灯闪烁，天已经黑了。拿出手机看时间，它早已经没电关机了，怪不得没人喊她回家吃饭呢。

唐绵绵站在路边发一会儿愣：反正回家也没得吃，不如一个人去吃老家肉饼。

吃完饭慢腾腾一个人往回走，路灯下她的身影一会儿长一会儿短一会儿暗一会儿亮，不管怎么变换都是孤单的姿势。

客厅里，只有彼男在看电视。

看见唐绵绵，他抬起头说："你回来啦?"

"嗯。"唐绵绵点头，然后脱鞋。

"他们呢？咦，有没有看见我的拖鞋？"她问。

"哦，他们等不到你，就睡了。你的拖鞋没在门口吗？"

"没有啊。"唐绵绵说着赤脚走进来。

"我今天早上出去的时候，你是穿运动鞋的，拖鞋可能留在卧室里了。"他眼睛盯着电视头也不抬地说。

他居然留意到早上我预先穿好了鞋子！唐绵绵头大了一下。

"是吗，我去找找。"说完，她赶紧往卧房里走。

"你今天为什么跟踪我？"他眼睛继续盯着电视头也不抬地说。

原来被他发现了！完了。我死翘翘了！唐绵绵站在地板上有点不知所措，但三秒钟后便平静如水。

她讲歪理，非常理直气壮地说："我只是好奇！"

"那你为什么不问问我去了哪里？"他的眼睛终于舍得从电视上移开了，望着她问。

"哦，每个人都有秘密的，我不想干涉你的生活。"唐绵绵说，心安理得的。

"那你就不该跟踪我，你分明是想窥探我的秘密，干涉我的生活！"他得理不饶人。

"哪有？我跟踪你是我的秘密。"她说。情急起来

歪理一套一套的。

"哦，那我岂不是揭穿了你的秘密?"他没好气。

"就是啊，你知道了我的秘密，为了公平起见，你也得让我知道你的秘密，你有朋友坐牢吗?"

"是我小时候的邻居。"他说，"女孩子。"

"那她为什么会坐牢?"唐绵绵有些吃惊。

"打架，在酒吧里用酒瓶把她所谓的情敌打昏了，几乎毁容。因为已经有打架的前科，所以这次坐牢了。"

"什么样的女孩子会这么可怕?"唐绵绵吓了一跳问，心里想着做什么，以后也不能做人家情敌。

"其实她是个很善良的女孩子，但因为自小缺少家庭温暖又结识了一些坏朋友，所以性格很叛逆。"

"那你跟她关系很好吗? 一直这么去看她。"

"她的家人是不会去的，她也没什么朋友，出事的时候她打电话给我时，我都已经好多年没见过她了。我每周去看她两次，带些书给她，好让她在里面消磨时光。"

"你们小时候感情一定很好，她遇见你也真是很幸运。"唐绵绵很由衷地说。

"呵呵，"他笑了，摇摇头说，"任何人出于道义都会这样做的。"

"哦，"她说，"我那里还有很多不错的小说，你下

次去的时候可以带给她。"

"不用了，她下星期就要出狱了。"

"哦。"唐绵绵不好意思地笑笑。这时候才发现自己赤脚站在地板上，冰冰的。她指了指房间说："我要进去找拖鞋，晚安。"

"晚安。"

唐绵绵在卧室没有找到拖鞋，可能是程亮他们白天在家"打仗"，把她的拖鞋当做武器不知扔到了哪个角落。她把手机电池换上，开机。

滴滴的铃声一直响，有柳眉的好几条短信。

"你在哪儿?"

"你快回来吃饭。"

"我打过电话，你的手机关机了，自己小心些。"

谢谢柳眉。把自己随意地摔在床上，唐绵绵想起了彼男说，任何人出于道义都会这样做的。她问自己是这样吗？任何人都会这样做吗？对很久没有见面的小时候的玩伴那么尽心。还是，因为他是一个让人觉得会这样做的人，别人才会在最困难、被全世界抛弃的时候找到他？如果是这样，他应该是一个很重感情的人。那么，对佳宁他也是不能轻易就放弃的吧？

那么，柳眉怎么办？松子怎么办？

叹了一口气，困意突然上来，唐绵绵决定不再损伤自己本来就不发达的脑细胞去思考她无能为力的事。她唐绵绵的个人幸福还在某年某月某个外星球呢！睡觉喽。

明天？见鬼去吧。

"我叫辰。"他自我介绍。

唐绵绵抬头，站在面前的是一个瘦而高的男孩儿，脸上有拘谨和倔强的表情。

此刻，唐绵绵正坐在"快乐谷"宽大舒适的木桌子前，抱着《乱马1/2》乐得合不上嘴，极没形象。他眼里有着深深的让她看不懂的东西。

不知为什么，唐绵绵本能地有些排斥。除了一见面就特别喜欢的人，她并不能那么快接受一个陌生者。何况，他还是个不知来路的陌生者。但因不懂拒绝，唐绵绵只好有些牵强地笑，"你好，很高兴认识你。"

他就顺理成章地在她面前坐下来。他说："我知道你叫棉花糖，我喜欢你。"

然后，唐绵绵就那样傻在了那里。不知道说什么好，"呃，呃。"

"你别紧张啊，我鼓起很大勇气跟你说这个，是因为我不会要求你做什么。我请你吃饭，赏光吗?"

唐绵绵有些犹豫。

他的眼光就那么真诚地看过来。

唐绵绵只好点点头。

就这样，唐绵绵认识了这个叫辰的男孩儿。这注定了这是一场正剧——没有悲喜，大家好聚好散，擦肩而过，然后各自消失在人群里。唐绵绵一直这样认为。

所以，唐绵绵能心安理得地看着他掏钱买麦当劳大餐放在她面前，而她大嚼几口，极没有淑女风范地推到一边：没胃口。

他因唐绵绵无心的一句"想搜齐王菲的歌"气喘吁吁地跑遍北京城寻找 CD，没有找全来跟她道歉时，她只是淡淡说了句："没关系。"甚至在她心里都没有想过一丝谢意。

所以，他坐了长长的地铁，又转公交车冒雨来到唐绵绵楼下。她因电脑游戏打得不亦乐乎，用一句"没时间"打发他，任他转身折入无尽的黑暗中，而没有一丝内疚。

任何热情在持续的冷漠面前都会降温，唐绵绵想：因我一开始就没有准备接受他进入我的生活，所以注定了他永远都是我生命中的过客。

他说："棉花糖，我已经八天没有看见你了。"

他说："我的手机二十四小时开着，你可以随时打来。"

他说："棉花糖，你是一个需要被照顾的孩子，你过马路时跌跌撞撞的样子让人担心。"

每次分别，唐绵绵总能义无反顾地转身，头也不回地走，而他会从后面跟上来捉住她的胳膊，在她的惊呼声中不好意思地低下头，"我再送你一程。"要上公车时，他会突然握住她的手，用沙哑的声音说再见，尽管她飞快转身，还是能看到他潮湿的眼神，闪动着深深的怜惜。

这个小她一岁的男孩儿包容她放纵她，像对待一个顽劣的孩子。

而唐绵绵是一个始终听从自己内心召唤的人，自私得不能让自己受一丝的委屈和勉强。她静静地观望，等待着他在一次次的失望后离开，两个人就像两条直线，偶尔的交集后，各自朝更远的方向延伸，永不可能再有关联。

唐绵绵心如止水，像看一场与己无关的表演。她想，有的时候，人某些没被挖掘的性格真叫人害怕。长这么大，她从来没有试过让自己这么狠心和冷漠。

做家教回来时刚赶上下班高峰。公车上挤得每个人前胸贴后脊梁。唐绵绵被上上下下的人推得东倒西歪，还被"冒失鬼"们狠狠地踩了好几脚。真是郁闷！他

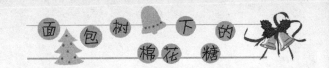

妈的，唐绵绵真忍不住想骂粗口。

下车时，辰在站牌下。看见唐绵绵，他赶过来说："棉花糖，你回来了。"

唐绵绵的脸紧绷着，只点了点头，便加紧脚步走。

他跟上来，讨好地说："你是不是心情不好？我们出去玩玩、散散心吧。"

唐绵绵突然很烦，说："你烦不烦啊?!你跟着我干吗?!"

然后，她就看见辰的脸上一阵红一阵白的，有些让人于心不忍。

他说："对不起，棉花糖。"

"算啦。我走了。"

唐绵绵摆摆手转身就走，差点撞在一个人身上，是彼男。

"你在这儿干吗？"唐绵绵惊魂未定地问。

"哦，路过。"他轻描淡写。

唐绵绵错过身，头也不回地走掉。

午夜，站在阳台飘动的衣影中听辰讲电话。

他说："我没有谈过恋爱，所以不会关于言情的伎俩，我要说话时一定简明而直接，所以，我说我很喜欢你，我大概是在爱着你呢。"

唐绵绵抬头看天，远处几颗星星模模糊糊。想起了小时候晚上跟松子躺在大草坪上，拿着《自然》书寻找牛郎织女星。如今那些星星在哪儿呢？这个城市的灯光太明亮，她找不到。

那些逝去的时光呢？那些无邪的美好呢？它们去了哪里？她突然迷失自己，不知道存在的意义。

唐绵绵说："我觉得自己要变了。我不知道这样的自己可以存在多久，我看见时间正慢慢蜕变我的外壳，也许会有一个我都不认识的自己。"

他说："我会等你的，一直，不管你在哪里，跟谁在一起，我都会把你等回来。"

这种谈话纯粹属于传播学上的一种传播方式——传而不通。两个人的思绪像两只没有脚的鸟在黑夜里飞，不能停靠，只能前行，却是朝不同的方向。这种不能安慰的没有意义的交流，只能让人更加寂寞。

长久的静默中，电话里有沙沙的电流声音，唐绵绵突然觉得自己很自私。自己是寂寞的吧，所以不能真正拒绝辰。又因为不想负责任，所以借口不想让他受伤害而故意模糊自己的立场，这对辰是很不公平的。一刹那，唐绵绵有些憎恨自己的"心肠歹毒"。

于是，她说："请不要再为我做什么，我不值得。我相信，缘分是决定一切的东西，如果一件事情注定没有结果，又何必让自己徒劳陷入让所有人痛苦？有些事

我真的无能为力，对不起。谢谢你。"

挂上电话，倒头就睡着了。第二天，唐绵绵更改了乘车的路线。关掉了手机。

暑假过后开学的前一天，做完最后一次家教回家。彼男在站牌下等唐绵绵，递给她一个信封。

"给你的。"他说。

"这是什么？"唐绵绵有些惊讶。

他笑："你应得的赌金。"

哦。想起来，是假扮男女朋友打赌赢来的。眼看三分之一的 CD 机就要到手了，本应该很高兴的吧，唐绵绵却突然觉得别扭。

于是她说："算了，请大家吃东西吧。反正我们俩也是作秀骗他们的，就用他们自己的钱请他们玩玩吧。"

彼男似乎一点也不例外地收回钱，然后打电话给柳眉说："别做饭了，叫上程亮他们，我和棉花糖请你们吃东西。公寓大门口见。"

然后，隔着很远的距离，就听见程亮在听筒里欢呼雀跃，"太好了，有便宜赚了！"

唐绵绵和彼男笑笑，就一起往公寓大门的方向走，

转弯的时候突然杀出一个影子。

"棉花糖。"来者叫她，拦住他们的去路。唐绵绵抬头看见是辰。他形容憔悴，看起来有些吓人。她有些不自然地问："怎么啦？"

他说："棉花糖，请你不要躲开我。我喜欢你，并不奢求什么，我只要看见你就好了，为你做什么事都是我心甘情愿的，并不要求回报，请你不要躲开我好吗？"

真是难堪，唐绵绵扭头看了看彼男，他若无其事气定神闲地看街景。唐绵绵就跟他说："你们先去玩吧。一会儿短信给我，我去找你们。"

彼男点点头走开。辰一直盯着他的背影走很远，然后回头看唐绵绵，说："他是什么人？跟你什么关系？"

唐绵绵很反感，你以为你是我什么人啊，凭什么管我？但心底的内疚使她终究不能那么伤人，同时她也明白，这次绝对不能留任何余地。

唐绵绵说："他是什么人不重要，请问你来找我做什么？如果你只是来找我说这个的，你可以走了。不过我想，我的立场已经很清楚了，我们是不可能的。请你不要过问我的私事。"

辰突然一把抱住了唐绵绵，把头埋在她肩膀上，紧紧的，让她动弹不得。唐绵绵听见他呜呜地哭了，泪水

　　事情突然发生变故,唐绵绵被惊得快傻掉了,死命地又挣脱不了他的胳膊,只能僵着身子垂着手站在那里。

打湿了她的肩头。

事情突然发生变故，唐绵绵被惊得快傻掉了，死命地又挣脱不了他的胳膊，只能僵着身子垂着手站在那里。这时候，马路对面走来一群熟悉的人，是彼男、柳眉他们。走在最前面的程亮对着唐绵绵吹口哨，"嗷嗷"地叫。柳眉也挤眉弄眼，她一定觉得辰就是我说的那个男朋友。彼男继续看街景，唐绵绵看不出他的表情。

真恨不得找个地缝钻进去，不知哪儿来的勇气，唐绵绵一把推开辰，伸手给了他一记耳光。啪的一声，辰呆住了。

不可置信地看着自己的右手，她嗫嚅着说："对不起，我不是故意的，我管不住自己的手。"

辰苦笑："该说对不起的人是我。我太冲动了，控制不了自己。棉花糖，我只求没有伤害你才好。对不起，棉花糖，你不会因此不理我的是吧？"

唐绵绵嗫嚅着不知如何回答。

辰说："看得出，你很在意刚刚跟你在一起的那个人是吧？你很喜欢他吗？"

他在说什么啊，乱七八糟的。唐绵绵赶忙拼命摇头，说："我想你是误会了。"

辰不理会，接着说："棉花糖，能找到一个喜欢你，你也喜欢的人不容易，如果他也喜欢你，你一定要好好珍惜。我祝福你们！"

这人在胡说八道什么啊，不会是被自己一巴掌打傻了吧。唐绵绵正要澄清事实，突然转念一想，承认了未必不是好事，就点点了头说："谢谢你，我们会幸福的，也祝福你早日找到自己的幸福。"

她看见辰的脸上有一丝惊讶，然后是绝望，最后是横下决心的坦然。他笑了，很凄惨地笑，就像逃跑的死刑犯，一直心存一丝生的希望，而突然有一天，他被抓住了就彻底死心了，绝望的轻松。他说："棉花糖，我只希望你没有因为我而受到很多的困扰和伤害，对不起，我从此不会再纠缠你了，但我们还可以做朋友的对不对？"

唐绵绵点头，很真诚地笑了笑。他伸手说："再见。"

握了握他的手，很冰。"再见。"她说。

他转身走开，夕阳下挺拔而倔强的背影有着一丝决裂还有深深的落寞和悲伤。唐绵绵突然有些于心不忍。

"嗨，辰。"她犹豫着叫他的名字。

他回头。

"对不起。"她说。

他很惊讶。

　　"谢谢你。"她冲口而出。

　　他笑了，挥挥手转身走远。

　　唐绵绵突然觉得无力，几乎要瘫倒在地上。

　　唐绵绵慢吞吞地走回家，把自己摔在床上。不知道过了多久，觉得似乎心里还有事。找出手机开机，有短信来，是柳眉："我们在'钱柜'，大家就等你了。速来。"

　　看了一下发送时间是一个小时前。真是猪头！唐绵绵拍着脑门骂自己，赶紧起来换衣服、梳洗，出门打车去钱柜。

　　推开包厢的门时，彼男在唱一首不知名的歌，里面有一段独白："世界上最远的距离不是生和死，不是天各一方，而是我在你面前，你却不知道，我爱你。"

　　那应该是唱给佳宁的歌吧，她想，我最能理解他的心情。青梅竹马的玩伴，一直理所当然在一起的人，有一天突然嫁做他人妇。不再完全属于自己。那种空落的感觉像失去了自身的某种东西，那属于生命四分之一的光阴似乎因此离你而去，越走越远，你害怕，难过，哭泣，却无能为力。

　　柳眉一看见唐绵绵就挤眉弄眼的，唐绵绵把眼神调到足够的杀伤力后横扫过去，她马上满脸堆笑。程亮走过来说："棉花糖，你迟到了，要罚酒。"

唐绵绵说："不行，今儿我还出股份请客了呢，咱们划拳，谁输了谁喝，不许耍赖。"

"行，没问题。"他爽快地答应。

两个人就张牙舞爪地划拳、喝酒、吵吵闹闹，歇斯底里的，好像过了今天就没了明天。

"你烦不烦啊?!"

突如其来的一声怒吼，像一记惊雷响。大家全都停止了动静。唐绵绵惊讶地抬头，看见柳眉嗫嚅着跟彼男道歉，说："对不起，我只是不想你喝那么多，你今天一直在喝闷酒，对身体很不好的。如果有什么不开心都可以讲出来的嘛，我们大家都在的。"

彼男一点也不领情，不耐烦地说："你懂什么呀，你不要老那么自以为是好不好?"

柳眉低下头，虽然灯光昏暗，唐绵绵还是能看见她眼里的泪光。唐绵绵突然觉得气不过，冲过去对彼男说："你在说什么?! 人家只是关心你，你干吗发那么大火，好心当做驴肝肺，你讲不讲良心啊?! 伤害这么好的女孩子你忍心吗?"

彼男手里端着酒杯，一脸的讥讽，说："我今天怎么老碰见自以为是的人啊! 棉花糖，你以为你是谁啊，救世主吗? 你凭什么干涉别人的事。有本事把自己的事弄好了再说!"

　　唐绵绵像被点了死穴，一动不能动，脸一下子红了，又刷的一下白了。空气紧张得像伊拉克跟美国对阵。大家都大气不敢出一下。彼男不在乎地嘟嘟倒了杯啤酒，"咕嘟咕嘟"一气喝完。然后用力地把杯子放到桌子上，哗啦一声，玻璃杯子碎掉了。唐绵绵转身跑了出去。

　　柳眉在背后追着喊："棉花糖，棉花糖!"焦急而担心的声音。

　　唐绵绵跑得更快了。

　　"扑通""哎哟"，是柳眉摔倒的声音。

　　"对不起，柳眉。"唐绵绵在心里说，没有回头。

　　臭彼男! 凭什么欺负我?! 长这么大，还没有人这样对我! 难道失去了松子，我就失去了矜贵，变得没人疼，谁想骂都可以?!

　　唐绵绵在校园里逛了三圈。这个城市的夜比起白天似乎可爱得多。夏天，白天阳光烈烈的想把外面的人烤熟，仿佛洒点作料就变成羊肉串。可夜就好多了，微微的风吹，没有风沙。

　　天上有点点的星星。虽然比起家里那种板上钉钉子，闪亮在人头顶，像伸手就能触到的感觉，这根本算不上风景。但是，这儿有灯。繁繁点点，草丛中，假山下，树木上，热闹异常，让人不觉孤单。还有，计算机

中心，就是原来的大食堂，门前四根霓虹柱子一闪一闪变换着颜色，让人怎么看怎么不纯洁。

唐绵绵一遍遍走过排球场，琴房，图书馆，草坪，还有食堂，一号楼，无所事事的样子。其间有一个人骑着电动三轮车带着一个人在我身边过了三圈，他们大概是在试新买的车子。

还有一个男生和一个女生，大概是情侣，骑着单车有说有笑跟我迎面走过四圈。他们肯定是热恋喽，要不哪会有那叫人羡慕的吃摇头丸都换不来的亢奋劲。

只有唐绵绵，好像真真正正的无所事事，绝对对得起散步这个词。墙角处，路边的长椅上，时时见到有人亲吻拥抱，她的心里便恨恨的。

如果有人知道她的心态肯定要骂。连她也怀疑是不是自己不正常，在该恋爱的日子单身太久。

可是如果拿那些男生给我做男朋友，我会愿意吗？唐绵绵问自己，答案是"NO"。因此，她想，自己不是忌妒。

那是为什么？不知道。

唐绵绵想了很久。也许是因为松子，也许没有答案。因此，唐绵绵更怀疑自己不正常。当有这样的发现时，她觉得无比沮丧。

走出学校，坐在广场的边上抱着膝盖看天空。风吹

起她的头发，大片的云朵以优美的姿势蔓延过这个城市。不远处，一个小女孩儿摇着妈妈的胳膊，"妈妈，你答应给我买布娃娃的。"

四周都是暖色的灯火和闪烁的霓虹。唐绵绵一动不动。眼睛开始慢慢模糊。

天却像惩罚人一样突然下起了大雨。雨滴打在身上、脸上，冰凉而疼痛。唐绵绵瑟瑟地抖着，睁不开眼睛。

唐绵绵打电话给松子，说："松子，我是绵绵，我在锦绣公园门口的广场，我不管现在你有什么事，今天不来找我，以后，你都不要理我了。"

松子焦急地说："绵绵，你有病啊！外面下大雨，你在那儿干吗？你等我，不要乱走，我就去！"唐绵绵挂上电话。就什么都不知道了。

唐绵绵醒来时，躺在陌生的房间里。松子坐在床边的椅子上，一脸的疲惫。她说："松子，我在哪儿？"

松子似乎惊了一下，看见唐绵绵就笑了，然后立刻变脸，开口就骂："绵绵，你以为你自己几岁啊？没事玩淋雨！得了肺炎怎么办？！你变成什么样子自己可以不在乎，可是你让我怎么办？！我怎么跟你妈交代？！还好医生说没什么事，多休息就好了。要不要喝水？"

唐绵绵摇摇头。

"肚子饿吗?"

"不饿。"

"那好了,你好好休息。我去睡觉了,夜里有什么事,我就在隔壁卧室,你随时叫我。"

唐绵绵点点头。松子使劲点了点她脑袋出去了。唐绵绵差点流泪。是的,松子还是最疼我的那个人。

曾经以为,松子对自己的好理所当然,所遇到的全世界的人都理应对自己这么好的。可是,松子最终有了女朋友,而她却要在陌生的城市一个人适应。经历很多事后发现,并不是每一个她认为理所当然的人都可以这样对她毫无保留不求任何报偿的好,可以这样让她没有性别没有掩饰没有负担地做回自己。

比如,那个该刀杀的彼男就很可恨。唐绵绵恨恨地一遍一遍回想他说过的话,却慢慢觉得,其实,他说的也不是没有道理,我自己的事确实一团糟。比如和辰,和松子。我根本也不知道自己在想什么,想要得到什么。爱是奴隶,被爱是上帝。我们对于自己爱的人百般细心,为他做的一点小事而感动,却会忽略爱自己的那个人,以为他为自己所做的一切都是理所当然,可以不珍惜,好像他永远不会受伤。其实,彼男对柳眉是这样,我对辰又何尝不是这样?我骂他,他不吃我这一套也是应该的吧。

唉，好头疼啊，不想了。唐绵绵四周打量一下这个房间，却发现到处都有佳宁的影子，墙上的画像，桌子上相框里的照片，都是佳宁。这是她的房间吧。唐绵绵又开始生气：死松子怎么把我送来这里住?!我早就该发现，这米黄色调的香香的被窝根本不可能是松子的嘛！真郁闷，死松子，刚刚还想你的好，现在你的混蛋行为却把一切都抵消了。就让你收留我这一晚，明天我就搬走，才不在你这做电灯泡！

手机铃响，唐绵绵接。是蓝一纯快乐的声音，"棉花糖，有没有想我? 明天就要见面了，好开心啊!"

唐绵绵说："你这鬼丫头，甜言蜜语这一套还是留给你家苏扬说吧，咱们不兴这个。你没忘记我就不错了，我现在是水深火热之中啊！"

于是她就眉飞色舞地把一个假期里的经历添油加醋地说给蓝一纯听，直讲到吐沫横飞口干舌燥手机没电。

挂上电话，唐绵绵发现自己开始变得快乐。

是的，新的一个学期开始了。以前，每个假期即将过去，新学期伊始，她都会订下美丽的愿望计划，工工整整地写在新的日记本扉页上，似乎这样，那些本没有影踪的事就会在触手可及的地方，等待她在未来不长的时间里一一实现。虽然，基本上，她是一个"从流飘荡，任意东西"，没有恒心坚持，计划永远赶不上变化的人。但此刻，她没有理由把自己埋在过去的不痛快里。

唐绵绵不是轻易就被弄死的那种人，唐绵绵的郁闷从来不超过二十四个小时。现在瞌睡来了，唐绵绵要不顾一切去睡觉，天塌下来当被盖。

明天？再说吧。

198

第九章　松子订婚了

1

新学期开始的时候，迎新生晚会上，唐绵绵代表系里表演节目，跳了一支独舞，意外地赢得了不少掌声。柳眉和程亮他们装模作样地送上鲜花。没有看见彼男。

唐绵绵想，如果告诉老妈自己这学期在学校的表现，她肯定打死也不相信。如果给她亲眼看到，她会相信猪都能扎了翅膀飞。

长这么大，除了高考那会儿外，深受唐绵绵调皮折磨的她大概从来没有见过自己女儿这么乖过——每天跟着"乖乖女"蓝一纯按时起床、上课、写作业、去图书馆。虽然依旧大呼小叫，但受她恶作剧荼毒的人明显少了很多。

期末考试来的时候，很多同学深得唐绵绵和蓝一纯曾经的"前排后排"作弊法真传。最夸张的一次是大家采取连环作弊，一口气从第一排到最后一排，七个人层层递进各得其所，皆大欢喜。

顺便说一下，那次唐绵绵坐第一排，是七人之首。

寒假回到家，松子妈来看唐绵绵说："松子也回来了。"

唐绵绵装做无所谓说："哦，我知道。"

其实她不知道，很长时间没有主动找过松子。松子似乎也很忙，除了偶尔简单的短信外，也跟她很少联系。也许，应该找他谈一谈了。

接着松子妈又说："松子还带了一个女孩子回来订婚。哎呀呀，好漂亮的女孩子，我一看就喜欢得不得了。绵绵，你见过的吧。"

老妈紧张地看唐绵绵一眼，唐绵绵若无其事地说："是佳宁吧，我知道的。他们金童玉女，很配的。阿姨，你真有福气。"

松子妈乐呵呵地出门。妈妈仔细看了唐绵绵一眼，唐绵绵直愣愣地回望过去。她立刻转身去厨房，说："你在学校是不是天天喝西北风啊，而且是黑风，你看

你那样跟个大烟鬼似的，难怪你嫁不出去。我得赶紧给你补补。"

唐绵绵正要顶嘴，证明自己颠倒众生，之所以此刻"门前冷落车马稀"，是因为"高处不胜寒"。门铃响，唐绵绵去开门，是松子。

"绵绵！"他大叫着扑过来，跟以前一样。

可在唐绵绵妈妈眼里就不同了，完全是"披着狼皮的羊"和"披着羊皮的狼"的区别。所以她虽然还是像往常一样打招呼，可傻子都听得出来，那是跟寒流袭击下的阳光一样，没有任何温度的寒暄。

唐绵绵想，我妈真是够势利的，不就是因为人家没娶你并不宝贝的女儿，让你急于把这"讨厌鬼"女儿塞出去好清净几天的愿望落了空吗?! 你也不至于这样吧?

要我是老妈，就给松子几个巴掌把他撵出去！——我这女儿是不怎么样，配你我还舍不得呢！

松子毫不在意，死乞白赖地求唐绵绵陪佳宁去选婚纱。说什么，唐绵绵很有眼光，佳宁第一次见到她时就发现了。而他跟唐绵绵在一起几乎二十年了，对她的眼光更是丝毫不怀疑。还说，佳宁一定请她去。

凭什么她要我去我就一定要去，跟老佛爷丫环似的。还不是给我一下马威让我死心。更可气的是为什么

是松子来求我，而且用词的谄媚程度不亚于历代的亡国之臣。我跟他二十年的交情了，他曾为我这样求过人吗？似乎没有。重色轻友！没良心！我算是看透了。

唐绵绵气得咬碎银牙。但既然看透了，而且不想让自己显得太小家子气，唐绵绵就决心答应，但不能让他这么轻易。

她说："没问题，不过我不能白干，我有一个条件做交换。"

松子乐得恨不得掀屋顶，把胸脯拍得"嗵嗵"响，"只要你答应了，什么我都答应你。说吧，什么条件？"

唐绵绵的脑袋乱哄哄的，一时不知道自己在做什么，就说："等我想好了再告诉你吧。"

"那好，没问题的话我先走了。你刚回来好好休息。"

松子哼着"歌不成歌，调不成调"的东西走了。唐绵绵把自己横在沙发上装死尸。

穿上婚纱的佳宁站在柔和的灯光下，成熟而甜蜜像女神一样，让人只能在远处惊艳连羡慕的份儿都没有。松子人模狗样地穿起了西装还真是那么回事。两个人站一起看起来真的很配。

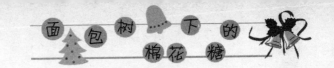

除了唐绵绵，任何人看见都会惊叹着祝福吧。唐绵绵不是不想祝福他们，而是，心里不是滋味啊！二十年了，她眼睁睁地看着松子从"茶壶盖"到"平头"到"三七分"，从"宝宝装"到"校服"再到"西装革履"，就这么一步步看着他从自己邻居家的小男孩儿变成佳宁的老公。从此不能任她"伸手就打，张口就骂"了，换做任何人，能受得了吗？

回来后，松子屁颠儿屁颠儿跟到唐绵绵家谢她。还问："你不是有个条件吗？是什么尽管说吧。"

外面雪花飘飘，晶莹剔透得像个童话王国，要是平常，唐绵绵早就跑下楼去野疯了，但今天就是不想，她根本就不想待在家里。她有些后悔放寒假为什么要回家，她宁愿待在学校老鼠横行的破屋子里。就算老鼠把她吃了，也比这种没来由地揪心的滋味好受。

松子喋喋不休。唐绵绵无缘无故地生起气来，没头没脑地说："我要去哈尔滨，我要去亚布力滑雪。"

松子欢呼，而后不无遗憾地说："只可惜我要去上班了，要不，我会陪你一起去。"

真是嘴跟心不一家，陪她去？舍得下佳宁？她不信。

还是带上佳宁？那就算了，还是她一个人去好了。

唐绵绵收拾行李的时候，老妈一直在她身边晃来晃去的，叹了一口气又叹了一口。唐绵绵装着没听见。她就一口接一口地叹下去。

没办法，唐绵绵放下手中的衣服，说："你就别再叹气了，这大冷天的，我听了打寒噤。而且，你晃来晃去的，头晕不晕啊？你是不是羡慕我啊，我带你一起去好了。"

老妈并不领情，问："你是不是只想一个人去？"

唐绵绵点头。

"你是不是只想一个人好好静一静？"

唐绵绵继续点头。

"你是不是想过一过一个人的日子，把松子忘掉？"

唐绵绵小鸡啄米一样频繁点头，然后伏在衣物上放声大哭了起来。

老妈不再叹气，没事儿一样往外走，边走边慢悠悠地说："哭吧，早该哭了。好好哭吧，哭完就没事了。"

唐绵绵真是哭笑不得——谁见过这样的老妈?! 所以，大家要原谅没心没肺的女儿。

因为是春节，整个机场都空荡荡的。从透明的落地玻璃窗看出去，冬天黄昏的田野，有着荒凉的气息。

明亮的机舱，空姐悦耳的声音。好像一次梦中的旅行。唐绵绵屏住呼吸，倾听飞机在跑道上加速的呼啸。然后在全力的疾驰中，突然跃上天空，倾斜着往上爬

彼男走过来,说:"真是太美了。"

唐绵绵心不在此,说:"是挺漂亮的。如果人的心情好的话,就更好了。"

彼男大笑,说:"就是……如果你笑的话,会更好看。"

升。

漆黑的天空。夜航的感觉有微微的眩晕。几小时的夜航，唐绵绵缩在座位上一动不动，看窗外偶尔出现的灯火通明的城市。更多的时候，只是无尽的黑暗。

放逐自己的感觉，很好。

哈尔滨的冬天是美的。唐绵绵本来最讨厌寒冷的，缩手缩脚的感觉太难受了，还不如让她这种跳马猴子一样的人死掉算了。可一下飞机她就喜欢上了这里的寒冷。除了哈尔滨，怕是再没有可以冰冻她二十多年的感情之地了。她心甘情愿地接受了初来这里的一切不适，决心在这好好理理自己的思绪。

在亚布力滑雪场。唐绵绵仔细想整个事情的前因后果。

其实，我也不差的。好歹也是个大学生，虽然长得有些抽象，小性子有点足，但怎么也是那种眼一闭牙一咬就可以勉强凑合娶回家的主儿啊！而且，我们有二十多年的交情啊，松子他凭什么这样对我？凭什么吗？

想了很久之后依旧没有答案，唐绵绵头一热就闭着眼睛从高高的雪山顶没头没脑地向下滑落。山很高，她的心跳急速地加快。旷野里除我无他，天地与我合一的快感让她放肆地尖声大叫着，感觉自己整个人就像是自由落体。自杀的快乐也就是这样的吧？怪不得有那么多人不顾一切地去死。

　　减速，停下来，沸腾的热血慢慢冷却下来。唐绵绵坐在地上不想起来，干脆躺下来，看辽阔的天空。直到手脚冰冷受不了，慢慢起身，却一个趔趄摔倒了。抬眼看四周没有一个人。

　　唐绵绵挣扎着起来，费尽九牛二虎之力，摔了好几个跟头，才往下走了一小段路。她气喘吁吁地坐在地上看着空旷的大地，实在没有力气再走路。眼看自己的手脚越来越冷，沮丧而绝望。

　　这下可好，对松子的感情终于可以冻结。不仅如此，我这副破皮囊也要在此冻结啊。对了，要不要留个遗书什么的啊，我可不能死得这么不明不白的。就算我回不去了，也要明天的"新闻联播"上出现一个标题——"女青年为情所困，滑雪场寻求自尽"。

　　唐绵绵正胡思乱想着，忽然看见有人从山顶上滑下来。嘿嘿，我唐绵绵还没有坏到家，天不绝我！

　　她立刻忙不迭地起身，使出吃奶的力气挥舞着双手喊"救命"。

　　那人在离她几百米远的地方开始减速，几秒钟以后就稳稳当当停在她面前。全副武装，看样子是个滑雪爱好者，准确地说，是一个很精神的滑雪爱好者。

　　老天爷哪，我给你磕头了！唐绵绵长出一口气，感

动得几乎落下眼泪来。

滑雪者却像被狗咬了一样咆哮起来："你有什么想不开的，你想自杀啊?!"

声音好耳熟，唐绵绵抬头仔细看来者的脸，差点又翻个跟头摔出去。竟是彼男!

他来干什么?! 该不会也是来整理思绪吧。嘿嘿，对了。松子订婚了，也就是佳宁订婚了。同是天涯沦落人啊! 看来这个滑雪场应该改名叫"失恋者同盟"。

唐绵绵低头看看自己的行头，多少有些尴尬。她不会滑雪，所以，没有租滑雪用具，而是一个人溜到人际少的地方，坐到一块特大号的塑料布上，由上而下。那种不顾一切的姿态，想一想，倒真有自杀的倾向。

唐绵绵拍拍衣服上的雪，说："这若真是我自杀的地方，至少也说明我是一个有品味的人。"

说着，她胡乱找了一个方向离开。不管他是来干什么的，她不想看见熟悉的人，更何况，他不是别人，是彼男，她看见他就没好事，还是离开为妙。唐绵绵宁愿死也不想让他看见她的狼狈样。（虽然，他也没少看她比这糗几百倍的样子，但这次她的感觉就是不一样。）

彼男三两下滑到她面前，问："你去哪里?"

"我? 我胡乱逛逛。"

唐绵绵顺口答着，脚步一点也没停下。

"我带你出去。"

"不，不用。"唐绵绵一边说着，一边把头摇得拨浪鼓似的。

彼男丝毫不理会，捡过她坐在屁股底下的那块大塑料布，分成两块，然后不由分说半抱着让她坐到地上。他把塑料布分别缠在她的鞋上，这才把她拉起，说："这里离安全地带还有一段距离，雪太厚，等你走回去人也累得差不多了。要是迷了路，你走不回去非冻死在这儿不可。你拉住我，我带你回去。"

唐绵绵承认自己很没种，说归说，年纪轻轻壮志未酬，还不想没事真死一把玩玩。象征性地勉强挣扎了几下，也就乖乖地由他带着，滑离。那感觉，比最初的自由落体要好，有种长羽翅般的飞翔感，像飞鱼，时而深海中，时而蓝天中的畅意。

直到彼男停下来，唐绵绵才发现，自己早已紧紧地搂住他的腰了。真是糗啊，连谢谢都没说一声，她头也不回地跑掉了。

回到宾馆，蒙头大睡。

"叮叮"的电话铃声响，唐绵绵接。

"绵绵，你还好吧？"来者小心翼翼地问，是松子。

唐绵绵没好气，"托你的福，我还活着。"

吁。松子长出了一口气。他太了解唐绵绵了，能斗

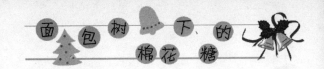

嘴就说明她没有自杀倾向，也就是他不必一辈子背负什么良心的债务了。心里一块石头落了地，他就开始狗尾巴翘上天，隔着电话线唐绵绵都能感觉到他在那头手舞足蹈的。

他说："我现在美透了，追我老婆的那小子好像不再没事就找她了，我老婆最近对我可是一心一意。"

哼！还没办结婚证呢，就厚着脸皮叫人家老婆了！我平时对他的实心实意他全没看见！这良心被狗吃的家伙，你别太得意了。

唐绵绵想起了不大不小地救了自己一命的那个松子的情敌，就恶狠狠地说："告诉你吧，彼男在哈尔滨跟我一个团来旅游了，你小心他回去大闹婚礼，让你黄粱一梦。"

松子大叫："是吗？好绵绵，天啊，你一定要帮我，拖住他，一定要让他在哈尔滨多待些日子，等我跟老婆生米做成熟饭再说。"

恶不恶心啊，什么叫"生米做成熟饭"？

唐绵绵摇头，说："不行，我不能再做害人的事了。我怕死后会下地狱。"

松子大声求援，说："哎呀，你知道吗？他和我老婆可是青梅竹马，你要不帮我，我怎么斗得过他和我老婆二十多年的交情。"

说什么人模狗样的鬼话啊，什么青梅竹马二十多年的交情？！跟好像别人没经历过似的，什么破玩意儿啊！我和你也是青梅竹马二十多年的交情，交女朋友订婚什么的，连跟我商量一下都没有，还推我下火海，帮你干尽坏事！到时候，你跟老婆逍遥快活去了，留我一个人遭报应下地狱！

因此看，什么青梅竹马啊？！如果没有爱情根本靠不住。松子你只是对自己没信心，说不定人家佳宁被你用什么不光彩的手段钓上的呢？

但是，想归想，骂归骂，唐绵绵终究不能做到"你不仁，别怪我无义"，想想他以前确实没少帮自己摆平麻烦事，唐绵绵就勉强答应再帮他一回。

唐绵绵说："我答应你可以，不过，干这等坏事我良心不安会减寿的，你得补偿我。"

"行，你说吧，什么我都答应你。"松子爽快地说。

"我还没想好，等我想好了告诉你。"

末了，松子教她说："你不用害他，只要想办法让他在外头多待几天就行。"

放下电话，唐绵绵决心忘记松子，忘记自己喜欢他这个事实。他把她当什么啊？！唐绵绵讨厌为他违反自己的原则胡作非为。

怕松子这个"缠人精"再来打扰，破坏自己的心

情，唐绵绵关掉了手机，蒙头接着睡。

不知过了多久，一觉醒来，有人敲门。也许是服务生敲门送水，掀了被子去开门。竟是彼男！手中提着各色零食。隔着花花绿绿的袋子，唐绵绵大致溜一眼就知道有很多是自己喜欢吃的。谁叫她那么馋了？妈妈就常说谁想害死她最容易了——给她美食啊，明知是毒酒，为了饱口福，风卷残云估计她唐绵绵眼睛都不带眨一下的。小命不要了可以，眼见好东西不吃你还不如叫唐绵绵自我了断！

可是现在，唐绵绵却没来由地懊恼。女人有两种情况是最糟糕，最不能见男人的。第一就是起床后头没梳脸没洗，第二是失恋时候的失态。偏偏这两种情况都被同一个男人撞到。虽然他以前也没少见到自己这样，但这一次的感觉就是不一样。唐绵绵在失落，很深的失落。好像全世界的倒霉事全落在她身上，她讨厌看见任何她熟悉的人失恋。

唐绵绵不肯让他进，盯着他不说话。想着自己在雪地里一副失落的样子尽落此人眼中，本以为就此谁都不知自己是谁，就可以尽情放纵，却原来是从一开始就成为了不可能。真是郁闷！

他也不进，把零食放到地上，公事公办的样子说："我们是一个旅游团的，飞机上我就看见你了，刚刚团里打电话找不到你，我就来看看怎么回事。你没事最好。"

彼男转身走掉。走了几步又回头说："有事儿打个招呼，我就在你隔壁。"

唐绵绵始终没说一句话，等他走掉。就抱起地上的零食进屋，大快朵颐。

唐绵绵硬着头皮去敲彼男的门。穿着蓝格子棉布睡衣的彼男好像没有一丝惊讶，礼貌地让她进屋。唐绵绵不知如何开口就接过他递来的热腾腾的果珍抱在手里站在窗前，装做看夜景。不远处公园的冰灯一闪一闪的，像冰清玉洁的童话王国。

彼男走过来，说："真是太美了。"

唐绵绵心不在此，说："是挺漂亮的。如果人的心情好的话，就更好了。"

彼男大笑，说："就是……如果你笑的话，会更好看。"

彼男的眼睛与冰灯的光亮相互辉映，一闪一闪的。唐绵绵一本正经地相信了他的话，一本正经地笑了起来。只要能得到他的信任，笑一笑又有何妨。笑完了，她横下心说："明天旅行团就要回去了，我想在这多玩几天。但是，我，没有方向感……"

彼男说："呵呵，刚好我也想在这多待几天，我们

做伴吧。"

正中她下怀，于是，唐绵绵居心叵测心怀鬼胎地对他笑得更灿烂了。估计他肯定以为她被这寒冷给冻傻了。

唐绵绵偷偷看一眼彼男，心中竟有些愧意，不管怎么说，吃人家的嘴短，这几天他没少给自己买零食吃，何况他还不大不小地救了她一命。而她却还为那个良心被狗吃的松子在这害人！

彼男应该是善良的，唐绵绵想，他并不真的刚好想多在这待几天，他只是见她喜怒无常，怕她出事吧？善良的男人和女人活该都是被人利用的。唐绵绵恨着彼男的善良，又出于良心的责备，对彼男不由得温柔起来。唐绵绵不再跟他叫板，也不再捉弄他。她想，再怎么说，从一开始的"不撞不相识"，两个失意的人，一次次"不是冤家不聚头"，也算是缘分，以后大家还可以做朋友。

唐绵绵和彼男晚上从宾馆出来散步，穿过一条长长的街发现一家叫"红帆船"的精品店，那里卖一种叫"薰衣草"的指甲油。

透明的舞鞋形状的精巧的玻璃瓶里，是淡紫色的透明液体，间或有几个小小的银片浮在其中。涂上它，会有淡淡的薰衣草香味。介绍商品的小卡片上写着，薰衣草花语是"等待爱情"。这个唐绵绵早就知道，可她还是喜欢看那四个紫色的圆体字。它们和那美丽的舞鞋一起站在宽大的玻璃橱窗里，让她对目前似乎一无波澜得叫人窒息的生活有黑暗中看见光明般的希望。

看了看标价，四十五元。她盯了一会儿，最终没有买。不是舍不得，只是，喜欢有梦想存在的感觉，因为喜欢，因为得不到，就可以一直想念，那种感觉就像想象中和恋人约会前光着脚丫，提着裙摆的心情，甜蜜而忧伤。

彼男看唐绵绵在那定定地不买也不走，就劝她说："不是很贵啊，买了吧，很漂亮的。"

他以为她在犹豫不决。

唐绵绵摇了摇头。

"为什么？"

"没什么。"

唐绵绵说完就走出了店门。彼男也出来。

回望了一眼那瓶"薰衣草"。那不是应该买给自己的东西，它该是由一个特殊的人买给她，才能真正实现它的意义，涂在手上才会漂亮，有灵气。

那个人在哪儿？以前，她会希望他是松子。以后，

也许没有这个人存在了吧。

外面路灯下雪花纷纷像谁在一把一把倾洒面粉，厚厚的积雪埋葬了所有的梦想。我的感情呢？有没有冻结？唐绵绵暗暗问自己，然后回答自己：我不知道。

唐绵绵指了指雪花问彼男："你看那些雪花，像不像是从树上洒下来的面粉？"

他笑，"我以为女孩子只会想象那是仙女的白纱裙之类的东西。"

语气有些嘲讽，声音却是难得的温柔。

唐绵绵不理会他，突发奇想就说："你说，树上会不会长出面包？"

"嗯？"他有些不解地看她。

是啊？怎么可能？唐绵绵自嘲地笑着想：树上长面包，就跟轻易忘记一个扎根于你生命中的人一样不可能吧。"走吧，太冷了。"

走出几步，才发现身后没动静。转身看见彼男站在原地若有所思。

"会的。"他肯定地说着追了上来。

"嗯？你说什么？"

这回轮到她迷惑。

"只要相信，树上会结出面包果实的。"

他郑重地看她的眼睛。

唐绵绵有些想笑，这人被严寒的天气冻坏了脑袋，跟我一样有些神志不清。也难怪，谁叫我们都是失恋的人呢？

他们没再说话，踏着雪回到宾馆。

回家的时候，松子没有来接唐绵绵。从飞机场分别时，她简短地跟彼男说了再见拎着行李箱就走了。"近乡情更怯"，唐绵绵想，她还是有些失落。松子订婚了，新娘是别人，这是事实。她去的毕竟不是忘川，没办法把眼睁睁看着发生的事当做什么也没发生过。

松子请唐绵绵吃饭，一是给她接风，再是谢她让他多过了几天快乐的时光。本来好好的一顿饭，被松子左一个佳宁右一个佳宁地给生生破坏了。可唐绵绵没有冲他发火使小性子。她知道，松子是真的爱佳宁。以前总觉得小说电视上的言情傻乎乎的，酸得让人笑掉牙，可现在看着松子一副傻拉吧唧神魂颠倒像被灌了迷药的样子，她就开始相信了"相爱"这回事。唐绵绵真是认输了，何况佳宁是那样一个出色的女子。她心服口服。

晚上的时候，唐绵绵一个人去广场上跑步，路灯下的身影一会儿长一会儿短，一会儿明一会儿暗。唐绵绵

一圈又一圈地跑，不肯停下来。泪水积的太多流不出来，就靠汗水来挥发。这好像是《重庆森林》里那个不停地吃过期凤梨罐头的金城武疗伤的方法吧。

而我，是受伤了吗？她一遍遍问自己，然后一遍遍回答：我不知道。也许，连失恋都不算。这一切都只是一个人表演，没有人搭配的独角戏——喜欢、受伤、放弃，都与任何人无关，一切都只是我自己的幻觉，只能自生自灭。

唐绵绵在梦中正抱着一大堆"鳖羔"大快朵颐，有人一把掀开被子，把她拖下床。到嘴的美味就这样飞了，唐绵绵睁开眼睛就想骂人，却看见老妈贼兮兮对她笑，说是有人找。

唐绵绵再不孝顺也不能冲她妈发火是不？所以怒气转移，她恨得咬牙切齿的，蓬头垢面，蹬着一只拖鞋冲进客厅，看看究竟是何路妖怪活得这么不耐烦。

是彼男！

他居然找上门来！看见了唐绵绵不能见人的样子也不怕她杀人灭口，居然还临危不惧地坐在沙发上冲她笑！

"你来干吗？！"唐绵绵怒气冲天张口就要质问，才发现自己自作多情了，原来他是冲她身后的老妈笑。

还别说，彼男不见了跟她斗法时的贼兮兮，不见了跟她发火时的凶狮子样，装起温文尔雅来人模狗样的。

可怜的唐妈妈已经被他左一个"阿姨"右一个"阿姨"叫得脚底下踩棉花飘飘欲仙，恨不得认他做儿子，搂在怀里"娃呀""乖呀"地疼。

相比之下，唐绵绵的态度恶劣实在只配让她龇牙咧嘴、恨铁不成钢地教训着拉去洗漱。看样子，如果不是顾及脸面，她一巴掌给唐绵绵甩到西伯利亚去绝对连眼睛都不眨一下。

到底谁是亲生的！唐绵绵一直怀疑这个问题，现在疑云更浓了。老太太，待我有空了，好好盘问盘问你！现在先想些重要的事。

对了，彼男来干吗，没有什么原因啊！让我想想。

对了，该不会是怂恿我跟他一起破坏松子的好事吧？要不，他也没有来找我的理由啊！如果是这样，就请他死心！我是不会做对不起松子的事的。虽然松子从来不当一回事，但我分得清二十多年的交情和旅途几天相伴孰轻孰重。他凭这个就敢来邀我干坏事，也太小看我棉花糖了吧！

唐绵绵站在镜子前转动脑筋，几乎把牙刷烂。

明明是阴天，妈妈非逼着唐绵绵和"同学"出去

走走"晒晒太阳"。被一把推出门后，唐绵绵把防盗门撞得咚咚响，表示对彼男攻打敌人内部的战略嗤之以鼻。

"说吧，去哪儿?"唐绵绵斜眼瞪他，很有点黑社会分子"单挑"的风范。

"你不敢去的地方。"他一脸胜券在握的样子。唐绵绵恨得牙痒痒。

"刀山火海我也敢去。"

"这是你说的。"

于是，唐绵绵就跟着他来到她那天晚上跑步的广场。广场的一角有残雪融化，一条条的水痕像是谁的眼泪。唐绵绵的心莫名其妙有点疼。

她绷着脸问:"你来找我不会就只是为了在这吹冷风吧?"

彼男刚想开口，唐绵绵打断他说:"你别说话! 我知道你是为了佳宁而来。你是想让我帮你破坏他们是不是? 你觉得大家各得其所，所以我一定会跟你同流合污沆瀣一气。但是你错了。我喜欢松子，二十年了，我习惯了一转身就看到他，就像小时候跟人打架，我一喊松子，他就第一时间冲上来替我摆平。可是，现在他已经不属于我了。我难过，但我不会破坏他的幸福。松子和佳宁够不容易的。比如你，比如我，我们就没有那么幸运，碰到一个自己喜欢也喜欢自己的人。所以，对于幸运儿，我们要祝福。我的话说完了，没有别的事我回家了，这儿太冷了。"

彼男拦住了她的去路，说："棉花糖，你别走，我的话还没说。你说了那么一大通，我有些听不明白，但那不重要。我只想说，我喜欢你，从第一天见到你时就已经喜欢你了。那时候，你在校园里赖我东西吃像个让人心疼的小孩子，后来，我们那么有缘，一次又一次地遇到。我想，我真的不能再骗自己了。我们暑假里假扮'男女朋友'是我的计谋，我是要想追你，可是没想到却被搞砸了。这一次，我一定不能再错过机会，一定要告诉你，我喜欢你。"

唐绵绵一点也不吃惊地抬头看着他的眼睛。他的眼睛里是满满的真诚和温柔。

唐绵绵不笨的，虽没有实战经验，但"没吃过猪肉，见过猪跑"。她懂得一个人喜欢另一个人的表情，早在哈尔滨她就已懂得了。那个时候她不在意，是因为她知道他的心里有着别人，她的心里也有着别人。现在她不在意，是因为她知道没有了谁是心甘情愿的，而他，应该是没有竞争过松子吧？唐绵绵一直信奉，自己的伤自己疗。她不会找人来填补空白，也不会去做谁人的替补。

　　唐绵绵说:"是吗? 但我不是候补,也不想找人做候补,疗伤的方法有很多种,你可以试着自己去跑跑步,蒸发一下泪水。"

　　但,彼男固执地拦着唐绵绵说看到她的第一眼就喜欢上她了。

　　怎么可能? 他当时是那样兴高采烈地买了一大堆零食去看他的女朋友。怎么会一下子喜欢上了别的女孩子? 他不是一个朝三暮四的人,从他那么坚持去监狱看望小时候的邻居女孩儿就可以看出来,他很重感情。何况,他和佳宁是二十年的"青梅竹马",怎么可能在一瞬间被改变?!

　　原来有人用一种她不知道的方法疗伤,就是自己欺骗自己。

　　唐绵绵说:"如果人的感情可以像积雪就好了,放弃了,春天来了,就可以消失得无影无踪。可惜,感情就像洒在纸上的水,虽然慢慢会因蒸发而淡化,可却会留下抹不平的皱痕。"

　　彼男竟然劝慰她,说:"感情也分很多种的,有的是亲情,有的是爱情,或是你没有分清也说不定。事实上,你不爱松子的,只是从小占有惯了,就像是你从小用的一支笔,平时并不在意,可一旦有人要用时,你就舍不得了。说到底,你只是有一些贪,贪恋亲人的感情，害怕失去亲人对你的关心。"

唐绵绵的猜测一点没错，彼男了解她和松子的事情，就是说，他也了解松子和佳宁的事。他了解一切，所以他知道她此刻心里的难过，他以为她会和自己一样需要安慰，需要抚平伤痕，这没错。可是，唐绵绵不接受他的方式。

唐绵绵觉得有些可笑，说："这不行吗？我这一辈子只想占有一个人，只是一个人，难道这还算贪吗？"

彼男有些急，说："可松子不是你要占有的那个人，你现在根本就没搞清楚，你对松子不是爱情，只是亲情。就像妹妹不愿意让哥哥找女朋友一样。"

唐绵绵满脸嘲笑，说："你第一次见我的时候，不是正赶着去看你的女朋友吗？听说还是青梅竹马的女友？我想，你自己欺骗自己的招数并不适合我。这儿真的很冷，我要回家了。再见。"

唐绵绵头也不回地转身就走。

他怎么可以这样说呢？他应该比任何人都明白什么才是青梅竹马的感情。他这样说，不只是在否定我，也是在否定他自己。这个不敢面对自己的胆小鬼！

"你记不记得那个树上会长面包的设想？"他在背后喊。

唐绵绵停下脚步。

他说:"书上说,在有些热带的国家,有种树上会结出烤面包一样的果实。"

"那又怎样?"唐绵绵回头看了他一眼不以为然地说,然后头也不回地走掉。

第十章　树上长出了面包

唐绵绵收到一个画着三根鸡手的小小包裹，上面用钢笔写着：加急！

开什么玩笑?!

寄件人是个陌生的名字，宋朝颜？不认识。

疑惑重重地拆开包裹，是一瓶似曾相识的指甲油。在透明的舞鞋形状的精巧玻璃瓶里，是淡紫色的透明液体，间或有几个小小的银片浮在其中。涂上它，会有淡淡的薰衣草香味。介绍商品的小卡片上写着，薰衣草花语是"等待爱情"。

还有张字条写着：我一直站在你转身的地方，等你。

酸啦吧唧的，谁在搞什么鬼?! 今天又不是愚人节。唐绵绵顺手把东西扔进抽屉。开电脑打游戏。高级一点的游戏不会打，扑克扫雷都不会。玩一个叫"连连看"的给小朋友锻炼观察力的游戏。从中午十二点到晚上八点。其间，站在阳台上远眺五分钟两次，因为眼睛受不了。上厕所两次。给老妈开门一次。

睡觉的时候，唐绵绵突然想起那瓶指甲油，拿出来看，似乎想起些什么……

松子女朋友，就是佳宁来找唐绵绵时，她正蓬头垢面地坐在窗前摇晃着风铃听铃声玩。

楼左面大院的外头是一条熙来攘往的马路，车子行人，步履匆匆，喧闹的声音从隔音效果不是太好的窗户传进来。这是一个忙碌的世界。

唐绵绵看着穿校服的高中生结伴走过大街，看着长发的年轻女孩儿小心地过马路，看着各色的汽车像水一样流过，看着红灯绿灯交替亮起灭掉，她听见时间划过皮肤，青春呼啸而过。她觉得非常忧伤，还有隐隐的烦躁。

那种夹杂着淡淡的失落的感觉，似乎不完全是关于松子的，而她又不知道为什么。"连连看"早已全部过关，又不想再玩别的，就只有那样无聊地待着。

佳宁问唐绵绵:"你为什么要拒绝那个男生?"

她说的是彼男吧。被自己辜负的人找到女朋友可以让自己心安，而且可以套牢自己的"情敌"，所以她来找唐绵绵，让唐绵绵接受彼男。这个唐绵绵能理解。

唐绵绵问她："你是以松子女友的身份来问我的？还是以彼男女友的身份来问我？"

她说："这有什么不同？"

唐绵绵说："若是松子女友的身份，则你放心，我就算不接受彼男的感情，也不会同你抢松子，当然，我有自知之明，就是抢我也抢不过来。若是彼男女友的身份，则你更不应劝我，因你和他也是青梅竹马的感情，相信你在松子与他之间也迟疑过，你比谁都懂得我的选择。"

她竟笑了，很好看地笑，"我同他当然是青梅竹马的感情。他是我的亲弟弟，二十多年的亲弟弟，我跟他不青梅竹马，还能跟谁青梅竹马去？"

唐绵绵一下子傻在了那里。明白了，彻底明白了。

这一切不过是一个套，从捉弄并吃彼男的零食就意味着套的开始。这套的设计者是松子、佳宁等等一干人，从始至终套住的只是唐绵绵一个人。

算计吃人家一包零食却被人算计一生的幸福，这就是当女贼所受到的惩罚！唐绵绵是不是亏大啦！但为什么心里却不生气呢？！

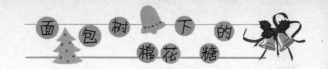

　　不顾冬天的寒冷，不顾自己的形象。唐绵绵披起棉衣，穿着拖鞋，一路叮叮哐哐飞奔下楼，追上已经走出很远的松子女朋友，应该说是彼男的姐姐——佳宁。

　　佳宁一脸惊奇地看着上气不接下气的唐绵绵，问："什么事？"

　　唐绵绵抓了抓乱成鸡窝一样的头发，不好意思地说："我忘了问，你到底姓什么？"

　　"我姓宋啊。"佳宁一脸迷茫的样子，好像看见唐绵绵在梦游。

　　"哦。那个……"

　　唐绵绵有些不知怎么开口，所以只好一个劲地挠头。又突然想起这样很容易让人误会自己头上长虱子，面前可是一个美女耶，不能太没形象了。

　　唐绵绵索性心一横，要咬断自己舌头一样艰难地问："你能不能告诉我，彼男他到底叫什么？"

　　佳宁忍俊不禁，一笑倾城，看得唐绵绵差点呆掉。她刚要轻启朱唇揭开谜底，眼睛却突然向唐绵绵身后聚焦。

　　疑惑地顺着她的目光看了一下，唐绵绵"嗷"的一声大叫，拔腿进行第 N 次《罗拉快跑》。不用说，身后站的是那个阴魂不散，叫人做噩梦的彼男。

　　一进屋唐绵绵就把门反锁，然后扑通一声瘫倒在地

上大口大口喘粗气。

"丁冬，丁冬"的门铃声响，唐绵绵飞奔进卫生间。妈妈去开门，唐绵绵伸出头瞪她，"你要是去开门，我就不是你亲生女儿。"

老妈当然不理会她，她才不稀罕唐绵绵做她亲生女儿。

事后，据老妈讲，那一刻，唐绵绵的脸突然红得像油锅里的虾。

唐绵绵老是在想：难保老妈是不是下套人之一，等我有机会再严刑拷打问问小老太太怎么忍心欺骗出卖自己亲生的女儿?! 我的身世一定有问题！

现在……

真的有"老鼠诈尸去主动撞猫"，唐绵绵恋爱了！别告诉别人噢，唐绵绵怕他们跌破眼镜，——买副新的怪贵的。

男朋友是……

唉，本来要保密的，现在告诉你吧，反正你也不认识——就是宋朝颜啦！

两年后。唐绵绵大学毕业的前一天晚上。

那天晚上宋朝颜看上去有点忧郁，唐绵绵跟着他从学校南门一直走到西门，再走到北门。校园里草地边上的华灯，亮若繁星，令人沉醉，可是宋朝颜一直

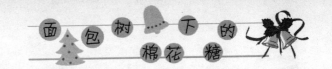

沉默地走啊走。

唐绵绵不停地问:"喂,你怎么了?到底什么事?拜托说句话好不好?"

一声比一声嗓门大。

宋朝颜继续沉默。这就是他的超烂牛脾气,不想说话时,拿铁棍撬他嘴巴都没用!

唐绵绵只好放弃追问,不停地猜测:他发生什么事,被老板臭骂?总不见得会是失恋……会吗?

走过广场的时候,宋朝颜忽然停下来问唐绵绵:"棉花糖,你有没有一生渴望的幸福?"

来之不易的沟通机会她当然要珍惜,就信口胡诌:"我一生渴望的幸福,是没人干涉我睡懒觉。然后是几十年如一日,心甘情愿地给一个人熬粥煮饭,而这个人,也几十年如一日,心甘情愿地吃我煮出来的糊糊。如此而已。如果再能有一间自己的大书房,供我随心所欲,就完美了!"

宋朝颜沉默地看着她,神情复杂难辨,好像她在说斯瓦希里语,然后又埋头继续走。

"喂喂。"

唐绵绵大叫。他不理。

可怜的唐绵绵,只好拉紧风衣,踩在高跟鞋上面紧紧跟随,心里大骂:宋朝颜,这个大猪头,你今天自己不对劲，干吗也拉着我出来抽风！

　　在她的小腿几乎要嘎巴一下断掉，呻吟着几乎要放弃的时候，宋朝颜却头也不回地伸出一只手掌来让她握住。那一刻，唐绵绵突然发现自己成了以前最痛恨的那种没有骨气的女子，是真的愿意就这样跟随他走到天涯海角，地老天荒。

　　回到家，痛苦地发现脚上磨出三个水泡。可是唐绵绵想到在宋朝颜深邃的眼睛里看到自己的影子，映着整个世间的灯火。就算腿断掉又如何？

　　唐绵绵被自己的想法吓了一大跳，揉着脚上的水泡骂自己不争气！

　　估计以前深受她荼毒的人知道后会拍手称快：棉花糖啊，棉花糖，你也有今天！

　　二〇〇四年六月二十二日，唐绵绵二十二岁的生日。

　　唐绵绵想这是她一生中最重要的日子，等到她老了，就把它写在回忆录的第一页，如果她死了，就把它刻在墓志铭上面。

　　在唐绵绵家楼下的咖啡厅和宋朝颜喝了八杯咖啡，唐绵绵上了三次厕所之后，宋朝颜终于像下了天大的决心似的开口说："棉花糖，你要不要考虑嫁给我？"

　　"啊？"

　　唐绵绵瞪大眼睛，张大嘴巴。有此类反应者IQ一般低于六十五。

　　"我家的书房刚好很大，而且……而且我对吃的东西不是很挑剔。至于干不干涉你睡懒觉，大概是你老板的事。"

　　宋朝颜似乎有些不自信的感觉，这不是他一贯的风格。

　　唐绵绵呆呆地看着他，觉得不是他有病，就是自己的耳朵和眼睛出问题。

　　可是，宋朝颜眼睛里满满的快要溢出来的期待让她的心温暖地湿润起来。他紧紧地握着她的手，抓得唐绵绵生疼，好像她不答应今天要废掉，所以唐绵绵竟像中了催眠术一样重重地点了头。

　　那一秒，突然听到全世界花开的声音。

　　一世精明的唐绵绵就这么一时糊涂，上了宋朝颜那小子的贼船！

　　蓝一纯整个下午都在恨铁不成钢地骂唐绵绵："你答应他了，你居然就这么答应他了？没有玫瑰，没有戒指，没有……什么都没有，你有没有搞错，这是女人一辈子最高贵最矜持的日子哎，你就这么随随便便地答应他了……"

　　唐绵绵不说话地一直笑一直笑，心想：我才没有搞错，也许我等这一天已经等了一生，从我第一眼看见这个沉默、不爱笑的男子开始，只是我自己没有发现。我才明白爱情原来是这样不可思议的东西。

蓝一纯拧好朋友的脸，笑着说："不要再笑了，你的脸已经快笑烂了，幸福的小女人。"

唐绵绵心满意足地叹息，真的，已经幸福得不能再多了。

秋天来的时候，唐绵绵在泰国的芭提雅看见了面包树。树高三十多米，会开出雌花和雄花。雌花的形状像一个圆形的纽扣，它会渐渐长大，最后长成像人头一样大小，外表粗糙，里面有像生面包一样的果肉，烤来吃，跟面包非常相似。

身边那个被唐绵绵称做"准老公"的人紧握着棉花糖的手说："棉花糖，你要相信，幸福就在拐弯处等你。"

树上都能长出面包，只要相信幸福就在不远处……

"饕餮80后"第二辑

超级唯美经典中国版《狼的诱惑》
网络点击率超过 *1000000*！

内容简介：

感情的世界，三个人是不是太挤？

左手是爱她的人，右手是她爱的人，这条路她究竟该牵着谁的手走下去？

那年，烟花特别绚烂。

《哪只眼睛看见我是你弟》
阿白白 著
南海出版公司
2005 年 10 月出版
定价:19.50 元

新派纯情搞笑力作
纯情女生凉凉之纯棉制品
"棉花糖之年"的"80后"实力之作

内容简介：

一个古灵精怪的女孩儿。淘气、任性、恶作剧不断，却善良、单纯，藏着暗恋的秘密……

一个帅得叫女孩子尖叫流口水的男孩儿，霸道、聪明，却在不经意间透出让人会心的体贴细心……

本来毫无瓜葛的两条平行线却在某天突然有了交集……

《面包树下的棉花糖》
凉凉 著
南海出版公司
2005 年 10 月出版
定价:19.50 元

一部风格诡异的经典城市童话

黑得丰盈　疯得绝望

《卖票的疯人院》
许明　著
南海出版公司
2005 年 10 月出版
定价:16.50 元

内容简介:

　　在老人人生最后的几个月里,他建立了一所特殊的疯人院,那是天堂的隔壁,里边展示着与疯子只有一线之差的天才。就在这样一个地方,一个飘忽、漫不经心的少女,一个无绪、精力旺盛的少年与老人不可避免的相遇,创造了一个迷离的世界。

狂放的故事　虚无的路

流连的年代　无结局的少年电影

《四城》
艾成歌　著
南海出版公司
2005 年 10 月出版
定价:19.50 元

内容简介:

　　这是一个虚妄狂放的故事。四个人的城市,五个华美少年,惊艳六载,一生牵拌。

　　这是从无到有的虚无之路。最风流的少年,最美好的女孩儿,最残酷的青春,最求不得的永远。

　　这是我们流连的时代。岁月之歌,渴望留住所有的美好。

　　这是早猜到结局的少年电影。友情在左,爱情在右,中间是飞驰而过的时光……

一部厚厚黏黏的青春哲学
开创新生代心灵文字的旗帜文学

《她不住在这儿了》
许明 著
南海出版公司
2005 年 1 月出版
定价:16.00 元

内容简介:

初中,何声和麦子在没有说过一句话的单纯中相爱了。一直到大学毕业,两个人也只通过两次信。大学毕业后,何声怀着几近恐惧的心理到上海找麦子,麦子却不在了。于是何声在充满了麦子气息的小屋中,尽情地幻想着现实中的麦子并等待着麦子……

纯情无极限
真正颠覆畸形言论及思想的"中国大学派"

《老老实实上大学》
谢恬 著
南海出版公司
2005 年 1 月出版
定价:14.00 元

内容简介:

"我"糊里糊涂地进入某重点大学,糊里糊涂地和英语同桌湘湘谈起了恋爱,糊里糊涂地开始纯情起来,糊里糊涂地搞了一次"婚外恋",糊里糊涂地和湘湘分了手,糊里糊涂地和湘湘重逢在异想不到的地点……

"饕餮80后"第一辑

余秋雨先生高度赞扬的"80后"实力战将
同龄人无与伦比的语言功力
历史与现实交错诞生纯洁疼痛的文字

内容简介:

白瞳生在西北白家淀一所闭塞、封建、脱离了时代的白家大宅,六岁时开始逃离白家大宅,先后邂逅了野孩子秦乐羽、歌声绝美的伊霓裳、英俊且喜欢打架的尹凌末,一系列的情感纠葛,恍如隔世的恋情……

《色》
袁帅 著
南海出版公司
2005年1月出版
定价:16.00元

拥有明媚,伤感,低沉,固执,内敛于一身
集合诡异,奇幻,神话,古典,传奇于一体

内容简介:

一本经典的奇幻故事集。人间、天界、阴界人物交织的情感,其中有亲情、友情,更有爱情。八个精美故事中的八个女子,她们生活在不同的时代背景下,有着一些相同或相似的性格,感伤的氛围,却令人无限怀念……

《天爱走失》
钱其强 著
南海出版公司
2005年1月出版
定价:16.00元